Marguerite Duras

L'Amant de la Chine du Nord

Gallimard

Marguerite Duras est née en Indochine où son père était professeur de mathématiques et sa mère institutrice. À part un bref séjour en France pendant son enfance, elle ne quitta Saigon qu'à l'âge de dix-huit ans.

à Thanh

Le livre aurait pu s'intituler : L'Amour dans la rue *ou* Le Roman de l'amant *ou* L'Amant recommencé. *Pour finir on a eu le choix entre deux titres plus vastes, plus vrais :* L'Amant de la Chine du Nord *ou* La Chine du Nord.

J'ai appris qu'il était mort depuis des années. C'était en mai 90, il y a donc un an maintenant. Je n'avais jamais pensé à sa mort. On m'a dit aussi qu'il était enterré à Sadec, que la maison bleue était toujours là, habitée par sa famille et des enfants. Qu'il avait été aimé à Sadec pour sa bonté, sa simplicité et qu'aussi il était devenu très religieux à la fin de sa vie.

J'ai abandonné le travail que j'étais en train de faire. J'ai écrit l'histoire de l'amant de la Chine du Nord et de l'enfant : elle n'était pas encore là dans L'Amant, *le temps manquait autour d'eux. J'ai écrit ce livre dans le bonheur fou de l'écrire. Je suis restée un an dans ce roman, enfermée dans cette année-là de l'amour entre le Chinois et l'enfant.*

11

Je ne suis pas allée au-delà du départ du paquebot de ligne, c'est-à-dire le départ de l'enfant.

Je n'avais pas imaginé du tout que la mort du Chinois puisse se produire, la mort de son corps, de sa peau, de son sexe, de ses mains. Pendant un an j'ai retrouvé l'âge de la traversée du Mékong dans le bac de Vinh-Long.

Cette fois-ci au cours du récit est apparu tout à coup, dans la lumière éblouissante, le visage de Thanh — et celui du petit frère, l'enfant différent.

Je suis restée dans l'histoire avec ces gens et seulement avec eux.

Je suis redevenue un écrivain de romans.

Marguerite DURAS
(Mai 1991)

Une maison au milieu d'une cour d'école. Elle est complètement ouverte. On dirait une fête. On entend des valses de Strauss et de Franz Lehar, et aussi *Ramona* et *Nuits de Chine* qui sortent des fenêtres et des portes. L'eau ruisselle partout, dedans, dehors.

On lave la maison à grande eau. On la baigne ainsi deux ou trois fois par an. Des boys amis et des enfants de voisins sont venus voir. À grands jets d'eau ils aident, ils lavent, les carrelages, les murs, les tables. Tout en lavant ils dansent sur la musique européenne. Ils rient. Ils chantent.

C'est une fête vive, heureuse.

La musique, c'est la mère, une Madame française, qui joue du piano dans la pièce attenante.

Parmi ceux qui dansent il y a un très jeune homme, français, beau, qui danse avec une très jeune fille, française elle aussi. Ils se ressemblent.

Elle, c'est celle qui n'a de nom dans le premier livre ni dans celui qui l'avait précédé ni dans celui-ci.

Lui, c'est Paulo, le petit frère adoré par cette jeune sœur, celle-là qui n'est pas nommée.

Un autre jeune homme arrive à la fête : c'est Pierre. Le frère aîné.

Il se poste à quelques mètres de la fête et il la regarde.

Longtemps il regarde la fête.

Et puis il le fait : il écarte les petits boys qui se sauvent épouvantés. Il avance. Il atteint le couple du petit frère et de la sœur.

Et puis il le fait : il prend le petit frère par les épaules, il le pousse jusqu'à la fenêtre ouverte de l'entresol. Et, comme s'il y était tenu par un devoir cruel, il le jette dehors comme il ferait d'un chien.

Le jeune frère se relève et se sauve droit devant lui, il crie sans mot aucun.

La jeune sœur le suit : elle saute de la fenêtre et elle le rejoint. Il s'est couché contre la haie de la cour, il pleure, il tremble, il dit qu'il aime mieux mourir que ça... ça quoi ?... Il ne sait plus, il a déjà oublié, il n'a pas dit que c'était le grand frère.

La mère a recommencé à jouer du piano. Mais les enfants du voisinage n'étaient pas revenus. Et les boys à leur tour avaient abandonné la maison désertée par les enfants.

La nuit est venue. C'est le même décor.

La mère est encore là où était la « fête » de l'après-midi.

Les lieux ont été remis en ordre. Les meubles sont à leur place.

La mère n'attend rien. Elle est au centre de son royaume : cette famille-là, ici entrevue.

La mère n'empêche plus rien. Elle n'empêchera plus rien.

Elle laissera se faire ce qui doit arriver.

Cela tout au long de l'histoire ici racontée.

C'est une mère découragée.

C'est le frère aîné qui regarde la mère. Il lui sourit. La mère ne le voit pas.

C'est un livre.
C'est un film.
C'est la nuit.

La voix qui parle ici est celle, écrite, du livre.
Voix aveugle. Sans visage.
Très jeune.
Silencieuse.

C'est une rue droite. Éclairée par des becs de gaz.
Cailloutée, on dirait. Ancienne.
Bordée d'arbres géants.
Ancienne.

De chaque côté de cette rue il y a des villas blanches
à terrasses. Entourées de grilles et de parcs.
C'est un poste de brousse au sud de l'Indochine
française.

C'est en 1930.

C'est le quartier français.

C'est une rue du quartier français.

L'odeur de la nuit est celle du jasmin.

Mêlée à celle fade et douce du fleuve.

Devant nous quelqu'un marche. Ce n'est pas celle qui parle.

C'est une très jeune fille, ou une enfant peut-être. Ça a l'air de ça. Sa démarche est souple. Elle est pieds nus. Mince. Peut-être maigre. Les jambes... Oui... C'est ça... Une enfant. Déjà grande.

Elle marche dans la direction du fleuve.

Au bout de la rue, cette lumière jaune des lampes tempête, cette joie, ces appels, ces chants, ces rires, c'est en effet le fleuve. Le Mékong.

C'est un village de jonques.

C'est le commencement du Delta. De la fin du fleuve.

Près de la route, dans le parc qui la longe, cette musique qu'on entend est celle d'un bal. Elle arrive du parc de l'Administration générale. Un disque. Oublié sans doute, qui tourne dans le parc désert.

La fête du Poste aurait donc été là, derrière la grille qui longe le parc. La musique du disque est celle d'une danse américaine à la mode depuis quelques mois.

La jeune fille oblique vers le parc, elle va voir le lieu de la fête derrière la grille. On la suit. On s'arrête face au parc.

Sous la lumière d'un lampadaire, une piste blanche traverse le parc. Elle est vide.
Et voici, une femme en robe longue rouge sombre avance lentement dans l'espace blanc de la piste. Elle vient du fleuve.
Elle disparaît dans la Résidence.

La fête a dû finir tôt à cause de la chaleur. Reste ce disque oublié qui tourne dans un désert.

La femme en rouge n'a pas réapparu. Elle doit être à l'intérieur de la Résidence.

Les terrasses du premier étage se sont éteintes et peu après son passage, au rez-de-chaussée, au cœur de la Résidence, des lampes ont été allumées.

La piste reste vide.
La femme en rouge ne revient pas.

19

La jeune fille revient sur la route. Elle disparaît entre les arbres. Et puis la voici encore. Elle marche de nouveau vers le fleuve.

Elle est devant nous. On voit toujours mal son visage dans la lumière jaune de la rue. Il semble cependant que oui, qu'elle soit très jeune. Une enfant peut-être. De race blanche.

La piste s'est éteinte à son tour. La femme en rouge n'est pas revenue.
Reste cette lumière de faible intensité au centre de la Résidence.

C'est peu après que la piste s'est éteinte que de la Résidence arrive, joué au piano, cet air-là, de valse morte. Celle d'un livre. On ne sait plus lequel.

La jeune fille s'arrête. Elle écoute. On la voit qui écoute.
Elle a tourné la tête dans la direction de la musique et elle a fermé les yeux. Le regard aveuglé est fixe.
On la voit mieux. Oui, très jeune, elle est. Encore une enfant. Elle pleure.

La jeune fille est immobile. La jeune fille pleure.

Dans le film, on n'appellera pas le nom de cette Valse.

Dans le livre ici, on dira : La Valse Désespérée.

La jeune fille l'écoutera encore après qu'elle sera terminée.

La jeune fille, dans le film, dans ce livre ici, on l'appellera l'Enfant.

L'enfant sort de l'image. Elle quitte le champ de la caméra et celui de la fête.

La caméra balaie lentement ce qu'on vient de voir puis elle se retourne et repart dans la direction qu'a prise l'enfant.

La rue redevient vide. Le Mékong a disparu.
Il fait plus clair.

Il n'y a plus rien à voir que la disparition du Mékong, et la rue droite et sombre.

C'est un portail.
C'est une cour d'école.

C'est la même nuit. La même enfant.
C'est une école. Le sol de la cour est en terre battue.
Il est nu et luisant, lissé par les pieds nus des enfants du poste.

C'est une école française. C'était écrit sur le portail : École française de Filles de la Ville de Vinh-Long.

L'enfant ouvre le portail.
Le referme.
Traverse la cour vide.
Entre dans la maison de fonction.

On la perd de vue.
On reste dans la cour vide.

Dans le vide laissé par l'enfant une troisième musique se produit, entrecoupée de rires fous, stridents, de cris. C'est la mendiante du Gange qui traverse le poste comme chaque nuit. Pour toujours essayer d'atteindre la mer, la route de Chittagong, celle des enfants morts, des mendiants de l'Asie qui, depuis mille ans, tentent de retrouver le chemin vers les eaux poissonneuses de la Sonde.

C'est la chambre à coucher de la mère et de l'enfant.

C'est une chambre à coucher coloniale. Mal éclairée. Pas de tables de chevet. Une seule ampoule au plafond. Les meubles, c'est un grand lit de fer à deux places, très haut, et une armoire à glace. Le lit est colonial, verni en noir, orné de boules de cuivre aux quatre coins du ciel de lit également noir. On dirait une cage. Le lit est enfermé jusqu'au sol dans une immense moustiquaire blanche, neigeuse. Pas d'oreiller mais des traversins durs, en crin. Pas de drap de dessus. Les pieds du lit trempent dans les récipients d'eau et de grésil qui les isolent de la calamité des colonies, les moustiques de la nuit tropicale.

La mère est couchée.
Elle ne dort pas.
Elle attend son enfant.
La voici. Elle vient du dehors. Elle traverse la chambre. Peut-être reconnaît-on sa silhouette, sa

robe. Oui, c'est celle qui marchait vers le fleuve dans la rue droite le long du parc.

Elle va vers la douche. On entend le bruit de l'eau.

Elle revient.

C'est alors qu'on la voit. Oui. Clairement, c'est encore une enfant. Encore maigre, sans presque encore de seins. Les cheveux sont longs, brun-roux, bouclés, elle a des sabots indigènes en bois léger à brides de cuir. Elle a des yeux vert clair striés de brun. Ceux, on dit, du père décédé. Oui, c'était elle, l'enfant de la rue droite qui avait pleuré sur la Valse. C'était aussi celle qui savait que la femme qui avait joué cette Valse était la même que celle habillée de rouge qui était passée sur la piste blanche. Et celle de surcroît qui savait aussi qu'elle, l'enfant, elle était la seule de tout le poste à savoir ces choses-là. De tout le poste et au-delà. Ainsi était l'enfant. Elle porte la même chemise en coton blanc que celle de sa mère, à bretelles rapportées, faite par Dô.

Elle écarte les deux pans de la moustiquaire, la borde vite sous le matelas, pénètre de même dans l'ouverture de la moustiquaire, la referme. La mère ne dormait pas. Elle s'assied près de l'enfant et natte ses cheveux pour la nuit. Elle le fait machinalement, sans regarder.

Au loin, à peine, cette rumeur du village du fleuve qui ne s'éteint qu'avec le jour.

L'enfant demande :

– Tu as vu Paulo ?

– Il est venu, il a mangé à la cuisine avec Thanh. Après il est reparti.

L'enfant dit qu'elle est allée à la fête voir s'il y était, mais que la fête était finie, qu'il n'y avait plus personne.

Elle dit aussi qu'elle ira le chercher plus tard, qu'elle sait où il doit se cacher. Qu'elle est tranquille quand il est dehors, loin de la maison. Qu'elle sait, elle, qu'il l'attend toujours quand il s'est sauvé, pour ne pas rentrer seul à la maison – des fois que Pierre serait là à l'attendre pour encore le frapper. La mère dit que c'est quand il est dehors qu'elle a peur, des serpents, des fous... et aussi qu'il parte... comme ça... qu'il ne reconnaisse plus rien tout à coup, et qu'il se sauve. Elle dit que ça peut arriver avec ces enfants-là.

L'enfant, elle, c'est de Pierre qu'elle a peur. Qu'il tue Paulo. Qu'il le tue, elle dit, peut-être même sans savoir qu'il tue.

Elle dit aussi :

– Ce n'est pas vrai ce que tu racontes là. Tu n'as pas peur pour Paulo. Tu as peur que pour Pierre.

La mère ne relève pas ce que dit sa fille. Elle la regarde longuement, tendre tout à coup, au-delà des propos de l'instant. Cependant qu'elle change de conversation :

– Tu écriras sur quoi quand tu feras des livres ?

L'enfant crie :

– Sur Paulo. Sur toi. Sur Pierre aussi, mais là ce sera pour le faire mourir.

Elle se tourne brutalement vers sa mère, elle pleure blottie contre elle. Et puis elle crie encore tout bas :

– Mais pourquoi tu l'aimes comme ça et pas nous, jamais...

La mère ment :

– Je vous aime pareil mes trois enfants.

L'enfant crie encore. À la faire se taire. À la gifler.

– C'est pas vrai, pas vrai. Tu es une menteuse...
Réponds pour une fois... Pourquoi tu l'aimes comme
ça et pas nous ?

Silence. Et la mère répond dans un souffle :

– Je ne sais pas pourquoi.

Temps long. Elle ajoute :

– Je n'ai jamais su...

L'enfant se couche sur le corps de la mère et
l'embrasse en pleurant. Ferme sa bouche avec sa
main pour qu'elle ne parle plus de cet amour.

La mère se laisse insulter, maltraiter. Elle est toujours dans cette autre région de la vie, celle de cette
préférence aveugle. Isolée. Perdue. Sauvée de toute
colère.

L'enfant est suppliante : mais rien n'y fera.

– S'il ne part pas de la maison, un jour il tuera
Paulo. Et tu le sais. C'est ça le plus terrible...

Sans voix, tout bas, la mère dit qu'elle le sait. Que
d'ailleurs hier au soir elle a écrit à Saigon pour
demander le rapatriement de son fils en France.

L'enfant se dresse. Elle pousse un cri sourd, de délivrance et de douleur.

– C'est vrai ?

– Oui.

– Tu es sûre ?

La mère raconte :

– Cette fois oui. Avant-hier il avait encore volé à la
fumerie d'opium. J'ai payé encore une dernière fois.
Et puis j'ai écrit à la Direction du rapatriement. Et
cette fois j'ai posté la lettre dans la nuit même.

L'enfant a enlacé la mère. La mère ne pleure pas :
une morte.

L'enfant pleure tout bas :

– Que c'est terrible d'avoir à en arriver là... que
c'est terrible.

La mère dit que sans doute, oui, mais qu'elle, elle
ne sait plus... Que oui, ça doit être terrible en effet,
mais qu'elle, elle ne sait plus rien là-dessus. La mère
et l'enfant sont toutes les deux enlacées. La mère, toujours sans pleurs aucun. Morte de vivre.

L'enfant demande s'il le sait, lui, qu'il va partir.

La mère dit que non. Que le plus difficile c'était ça,
d'avoir à lui apprendre que c'était fini.

La mère caresse les cheveux de sa fille. Elle dit :

– Il ne faut pas que tu aies de la peine pour lui.
C'est terrible à dire pour une mère, mais je te le dis
quand même : il n'en vaut pas la peine. Il faut que tu
le saches : Pierre c'est quelqu'un qui ne vaut pas la
peine qu'on souffre pour lui.

Silence de l'enfant. La mère dit encore :

– Ce que je veux dire c'est que Pierre ne vaut plus
la peine qu'on le sauve. Parce que Pierre c'est fini,
c'est trop tard, c'est quelqu'un qui est perdu.

L'enfant crie dans des sanglots :

– C'est pour ça que tu l'aimes.

– Je ne sais pas bien... Sans doute. Oui, c'est aussi
pour ça... Toi, c'est aussi pour ça que tu pleures. C'est
pareil.

La mère prend l'enfant dans ses bras. Et elle lui dit :

– Mais je vous aime aussi beaucoup, Paulo et toi...

27

L'enfant s'était écartée de la mère et elle l'avait regardée. Elle avait vu que la mère venait de parler dans l'innocence. L'enfant avait été pour hurler, l'insulter, la tuer. Elle lui avait seulement souri.

La mère avait encore parlé à cette « petite fille », sa dernière enfant, elle lui avait dit qu'elle avait menti sur les raisons de faire rapatrier Pierre, de s'en séparer. Que ce n'était pas seulement à cause de l'opium.

La mère raconte * :

– Il y a un mois ou deux mois, je ne sais plus, j'étais dans la chambre de Dô, vous êtes venus dîner, Paulo et toi. Je ne me suis pas montrée. Ça m'arrive quelquefois, vous vous ne le savez pas – pour pouvoir vous voir ensemble tous les trois, je me cache chez Dô. Thanh est arrivé, comme d'habitude, il a mis sur la table le thit-kho et le riz. Et il est sorti.

« Alors Paulo s'est servi. Pierre est arrivé après. Paulo avait pris le plus gros morceau du plat de thit-kho et tu l'avais laissé faire. C'est quand Pierre est arrivé que tu as eu peur. Pierre ne s'est pas assis tout de suite. Il a regardé son assiette vide et il a regardé l'assiette de Paulo. Il a ri. Son rire était fixe, effrayant. Je me suis dit que quand il serait mort il aurait ce sourire-là. Paulo a d'abord ri, il a dit :

« – C'est pour rire.

« Pierre a repris le morceau de viande dans l'assiette de Paulo et il l'a mis dans la sienne. Et il l'a mangé – un chien on aurait dit. Et il a hurlé : un chien, oui c'était ça.

* En cas de cinéma on aura le choix. Ou bien on reste sur le visage de la mère qui raconte sans voir. Ou bien on voit la table et les enfants *racontés* par la mère. L'auteur préfère cette dernière proposition.

28

« – Espèce de crétin. Tu sais bien que les gros mor-
ceaux c'est pour moi.

« C'est toi qui as crié. Tu as demandé :

« – Pourquoi pour toi ?

« Et il a dit :

« – Parce que c'est comme ça.

« Et tu as crié très fort. J'ai eu peur qu'on t'entende
dans la rue. Tu as crié :

« – Je voudrais que tu meures.

« Pierre a fermé ses poings prêt à broyer la figure de
Paulo. Paulo s'est mis à pleurer. Pierre a crié :

« – Dehors ! Dehors et tout de suite !

« Vous êtes partis en courant, toi et Paulo. »

L'enfant demande pardon à sa mère d'avoir crié
contre elle. Elles pleurent ensemble, allongées
droites dans le lit.

La mère dit :

– C'est là que j'ai commencé à comprendre qu'il
fallait que je me méfie de moi-même. Que Paulo était
en danger de mort, à cause de moi. Et c'est seulement
hier que j'ai écrit à Saigon pour le faire rapatrier.
Pierre... c'est comme s'il était encore plus mortel
qu'un autre pour moi...

Silence. La mère se tourne vers sa fille – cette fois
en pleurant.

– Si tu n'avais pas été là, Paulo serait mort depuis
longtemps. Et je le savais. C'est ça le plus terrible : je le
savais.

Long silence.

Une rage prend l'enfant. Elle crie :

– Tu ne le sais pas, j'aime Paulo plus que tout au monde. Plus que toi. Que tout. Paulo, il vit dans la peur de toi et de Pierre depuis longtemps. C'est comme mon fiancé, Paulo, mon enfant, c'est le plus grand trésor pour moi...

– Je le sais.

L'enfant crie :

– Non. Tu sais pas. Rien.

L'enfant se calme. Elle prend sa mère dans ses bras. Elle lui parle dans une douceur subite, elle lui explique :

– Tu ne sais plus rien. Il faut que tu le saches, ça. Rien. Tu crois que tu sais et tu sais rien. Tu sais que pour lui, Pierre. Pour Paulo et moi tu sais plus rien. C'est pas de ta faute. C'est comme ça. C'est rien. Rien. Il faut pas te faire du mal pour ça.

Silence.

Le visage de la mère est fixe, effrayé.

Le visage de l'enfant est de même épouvanté. Elles sont raides toutes les deux face à face. Et tout à coup elles baissent les yeux de honte.

C'est la mère qui baisse les yeux. Et se tait. Tuée, on dirait. Et puis qui se souvient de cet enfant qui est dehors et elle crie :

– Va chercher Paulo... va vite... j'ai peur tout à coup pour lui.

La mère ajoute :

– C'est demain que tu retournes au lycée, il faudrait que tu prennes l'habitude de dormir plus tôt, tu es déjà comme moi, quelqu'un de la nuit.

– C'est pareil...

– Non.

L'enfant est dans l'entrée de la maison, du côté de la salle à manger qui donne sur la grande cour de l'école. Tout est ouvert.

Elle est de dos, face à la terrasse et à la rue.

Elle cherche le petit frère. Elle regarde. Avance entre les arbres. Regarde sous les massifs.

Elle est tout à coup comme dissoute dans la lumière lunaire, puis réapparaît.

On la voit dans différents endroits de la cour. Elle est pieds nus, silencieuse, vêtue de la chemise de nuit d'enfant.

Elle disparaît dans une salle de classe vide.

Réapparaît dans la grande cour illuminée par la lune.

Et puis on la voit face à quelque chose qu'elle regarde, mais qu'on ne voit pas encore : Paulo. On la voit avancer vers lui : le petit frère du bal. Il dort dans la galerie qui longe les classes, derrière un muret, à l'ombre de la lune. Elle s'arrête. Elle se couche près de lui. Elle le regarde comme s'il était sacré.

Il dort profondément. Les yeux entrouverts comme « ces » enfants-là. Il a le visage lisse, intact de ces enfants « différents ».

Elle embrasse les cheveux, le visage, les mains posées sur la poitrine, elle appelle, elle l'appelle tout bas : Paulo.

31

Il dort.

Elle se relève et elle l'appelle encore plus bas : Paulo. Mon trésor. Mon petit enfant.

Il se réveille. Il la regarde. Et puis il la reconnaît. Elle dit :

– Viens te coucher.

Il se relève. Il la suit.

Les oiseaux de nuit crient.

Le petit frère s'arrête. Il écoute les oiseaux. Il repart. Elle lui dit :

– Faut plus que tu aies peur. De personne. Ni de Pierre. Ni de rien. De rien. Jamais plus. Tu entends : jamais plus. Jamais. Jure-le.

Le petit frère jure. Et puis il oublie. Il dit :

– La lune elle réveille les oiseaux.

Ils s'éloignent. La cour redevient vide. On les perd. Ils réapparaissent. Ils continuent à marcher dans les cours de l'école. Ils ne parlent pas.

Et puis l'enfant s'arrête et montre le ciel. Elle dit :

– Regarde le ciel, Paulo.

Paulo s'arrête et regarde le ciel. Il répète les mots : le ciel... les oiseaux...

Le ciel, on le voit d'un bord à l'autre de la terre, il est une laque bleue percée de brillances.

On voit les deux enfants qui regardent ensemble ce même ciel. Et puis on les voit séparément le regarder.

Et puis on voit Thanh qui arrive de la rue et va vers les deux enfants.

Puis on revoit le ciel bleu criblé de brillances.

Puis on entend la Valse sans paroles dite *désespérée* sifflée par Thanh sur un plan fixe du bleu du ciel.

Quelquefois quand ils étaient très petits, la mère les emmenait voir la nuit de la saison sèche. Elle leur disait de bien regarder ce ciel, bleu comme en plein jour, cet éclairement de la terre jusqu'à la limite de la vue. De bien écouter aussi les bruits de la nuit, les appels des gens, leurs rires, leurs chants, les plaintes des chiens aussi, hantés par la mort, tous ces appels qui disaient à la fois l'enfer de la solitude et la beauté des chants qui disaient cette solitude, il fallait aussi les écouter. Que ce qu'on cachait aux enfants d'habitude il fallait au contraire le leur dire, le travail, les guerres, les séparations, l'injustice, la solitude, la mort. Oui, ce côté-là de la vie, à la fois infernal et irrémédiable, il fallait aussi le faire savoir aux enfants, il en était comme de regarder le ciel, la beauté des nuits du monde. Les enfants de la mère lui avaient souvent demandé de leur expliquer ce qu'elle entendait par là. La mère avait toujours répondu à ses enfants qu'elle ne savait pas, que personne ne savait ça. Et que ça aussi il fallait le savoir. Savoir, avant tout, ceci : qu'on savait rien. Que même les mères qui disaient à leurs enfants qu'elles savaient tout, elles ne savaient pas.

La mère. Elle leur rappelait aussi que ce pays d'Indochine était leur patrie à eux, ces enfants-là, les siens. Que c'était là qu'ils étaient nés, que c'était là aussi qu'elle avait rencontré leur père, le seul homme qu'elle avait aimé. Cet homme qu'ils n'avaient pas connu parce qu'ils étaient trop jeunes quand il était mort et encore si jeunes après cette mort, qu'elle ne leur en avait que très peu parlé pour ne pas assombrir leur enfance. Et aussi que le temps avait passé et que l'amour pour ses enfants avait envahi sa vie. Et puis la mère pleurait. Et puis Thanh chantait dans un langage inconnu l'histoire de son enfance à la frontière du Siam lorsque la mère l'avait trouvé et qu'elle l'avait ramené au bungalow avec ses autres enfants. Pour lui apprendre le français, elle disait, et être lavé, et bien manger, et ça chaque jour.

Elle aussi, l'enfant, elle se souvenait, elle pleurait avec Thanh lorsqu'il chantait cette chanson qu'il appelait celle de « l'Enfance lointaine » qui racontait tout ça qu'on vient de dire sur l'air de la Valse Désespérée.

C'est le fleuve.

C'est le bac sur le Mékong. Le bac des livres.
Du fleuve.

Dans le bac il y a le car pour indigènes, les longues
Léon Bollée noires, les amants de la Chine du Nord
qui regardent.

Le bac s'en va.

Après le départ l'enfant sort du car. Elle regarde le
fleuve. Elle regarde aussi le Chinois élégant qui est à
l'intérieur de la grande auto noire.

Elle, l'enfant, elle est fardée, habillée comme la
jeune fille des livres : de la robe en soie indigène d'un
blanc jauni, du chapeau d'homme d' « enfance et
d'innocence », au bord plat, en feutre-souple-cou-
leur-bois-de-rose-avec-large-ruban-noir, de ces souliers de bal, très usés, complètement éculés, en-lamé-
noir-s'il-vous-plaît, avec motifs de strass.

De la limousine noire est sorti un autre homme
que celui du livre, un autre Chinois de la Mand-

chourie. Il est un peu différent de celui du livre : il est un peu plus robuste que lui, il a moins peur que lui, plus d'audace. Il a plus de beauté, plus de santé. Il est plus « pour le cinéma » que celui du livre. Et aussi il a moins de timidité que lui face à l'enfant.

Elle, elle est restée celle du livre, petite, maigre, hardie, difficile à attraper le sens, difficile à dire qui c'est, moins belle qu'il n'en paraît, pauvre, fille de pauvres, ancêtres pauvres, fermiers, cordonniers, première en français tout le temps partout et détestant la France, inconsolable du pays natal et d'enfance, crachant la viande rouge des steaks occidentaux, amoureuse des hommes faibles, sexuelle comme pas rencontré encore. Folle de lire, de voir, insolente, libre.

Lui, c'est un Chinois. Un Chinois grand. Il a la peau blanche des Chinois du Nord. Il est très élégant. Il porte le costume en tissu de soie grège et les chaussures anglaises couleur acajou des jeunes banquiers de Saigon.
Il la regarde.
Ils se regardent. Se sourient. Il s'approche.
Il fume une 555. Elle est très jeune. Il y a un peu de peur dans sa main qui tremble, mais à peine, quand il lui offre une cigarette.
— Vous fumez ?
L'enfant fait signe : non.
— Excusez-moi... C'est tellement inattendu de vous trouver ici... Vous ne vous rendez pas compte...

L'enfant ne répond pas. Elle ne sourit pas. Elle le regarde fort. Farouche serait le mot pour dire ce regard. Insolent. Sans gêne est le mot de la mère : « on ne regarde pas les gens comme ça ». On dirait qu'elle n'entend pas bien ce qu'il dit. Elle regarde les vêtements, l'automobile. Autour de lui il y a le parfum de l'eau de Cologne européenne avec, plus lointain, celui de l'opium et de la soie, du tussor de soie, de l'ambre de la soie, de l'ambre de la peau. Elle regarde tout. Le chauffeur, l'auto, et encore lui, le Chinois. L'enfance apparaît dans ces regards d'une curiosité déplacée, toujours surprenante, insatiable. Il la regarde regarder toutes ces nouveautés que le bac transporte ce jour-là.

Sa curiosité à lui commence là.

L'enfant dit :

— C'est quoi votre auto ?...

— Une Morris Léon Bollée.

L'enfant fait signe qu'elle ne connaît pas. Elle rit. Elle dit :

— Jamais entendu un nom pareil...

Il rit avec elle. Elle demande :

— Vous êtes qui ?

— J'habite Sadec.

— Où ça à Sadec ?

— Sur le fleuve, c'est la grande maison avec des terrasses. Juste après Sadec.

L'enfant cherche et voit ce que c'est. Elle dit :

— La maison couleur bleu clair du bleu de Chine...

— C'est ça. Bleu-de-Chine-clair.

Il sourit. Elle le regarde. Il dit :

— Je ne vous ai jamais vue à Sadec.

37

– Ma mère a été nommée à Sadec il y a deux ans et moi je suis en pension à Saigon. C'est pour ça.

Silence. Le Chinois dit :

– Vous avez regretté Vinh-Long...

– Oui. C'est ça qu'on a trouvé le plus beau.

Ils se sourient.

Elle demande.

– Et vous ?...

– Moi, je reviens de Paris. J'ai fait mes études en France pendant trois ans. Il y a quelques mois que je suis revenu.

– Des études de quoi ?

– De pas grand-chose, ça ne vaut pas la peine d'en parler. Et vous ?

– Je prépare mon bac au collège Chasseloup-Laubat. Je suis interne à la pension Lyautey.

Elle ajoute comme si cela avait quelque chose à voir :

– Je suis née en Indochine. Mes frères aussi. Tous on est nés ici.

Elle regarde le fleuve. Il est intrigué. Sa peur s'en est allée. Il sourit. Il parle. Il dit :

– Je peux vous ramener à Saigon si vous voulez.

Elle n'hésite pas. L'auto, et lui avec son air moqueur... Elle est contente. Ça se voit dans le sourire des yeux. Elle racontera la Léon Bollée à son petit frère Paulo. Ça, lui, il comprendra.

– Je veux bien.

Le Chinois dit – en chinois – à son chauffeur de prendre la valise de l'enfant dans le car et de la mettre dans la Léon Bollée. Ce que fait le chauffeur.

Les voitures ont remonté la rampe du bac. Elles sont sur la berge. Les gens les rejoignent à pied. Ils s'arrêtent devant les marchands ambulants. L'enfant regarde les gâteaux – faits de maïs éclaté dans du lait de coco et sucrés à la mélasse et enveloppés dans de la feuille de bananier.

Le Chinois lui en offre un. Elle le prend. Elle le dévore. Elle ne dit pas merci.

D'où vient-elle ?

Cette gracilité du corps la donnerait comme une métisse, mais non, les yeux sont trop clairs.

Il la regarde dévorer le gâteau. C'est à ce moment-là qu'il la tutoie :

– Tu en veux un autre ?

Elle voit qu'il rit. Elle dit que non, elle n'en veut pas.

Le deuxième bac a quitté l'autre rive. Il approche.

Tout à coup l'enfant regarde dans la fascination ce bac qui vient. L'enfant oublie le Chinois.

Sur le bac qui arrive elle vient de reconnaître la Lancia noire décapotable de la femme en robe rouge de la Valse de la nuit.

Le Chinois demande qui c'est.

L'enfant hésite à répondre. Elle ne répond pas au Chinois. Elle dit les noms « pour les dire ». Dans une sorte d'enchantement secret, elle dit :

– C'est Madame Stretter. Anne-Marie Stretter. La femme de l'Administrateur général. À Vinh-Long on l'appelle A.M.S...

Elle sourit, s'excuse de tellement en savoir.

Le Chinois est intrigué par ce que dit l'enfant. Il dit qu'il a dû entendre parler de cette femme à Sadec. Mais il dit qu'il ne sait rien sur elle. Et puis il se souvient cependant... tout à coup... de ce nom-là...

L'enfant dit :

– Elle a beaucoup d'amants, c'est de ça que vous vous souvenez...

– Je crois... oui... Ça doit être ça...

– Il y en a eu un, très jeune, il se serait tué pour elle... je ne sais pas bien.

– Elle est belle... je croyais qu'elle était plus jeune... on dit qu'elle serait un peu folle..., non ?

Sur la folie, l'enfant n'a pas d'avis. Elle dit :

– Je ne sais pas sur la folie.

L'auto – ils sont repartis. Ils sont sur la route de Saigon. Il la regarde fort. Le tutoiement encore involontaire du Chinois se mélangera avec le vouvoiement :

– On t'offre souvent une place sur le bac, non ?

Elle fait signe : oui.

– Quelquefois tu refuses ?

Elle fait signe : oui, quelquefois.

– C'est quand il y a... de très petits enfants... ils pleurent tout le temps...

Ils rient tous les deux, un peu distraitement semble-t-il, un peu trop. Ils rient pareil tous les deux. Une façon de rire à eux.

Après ce rire elle regarde dehors. Lui, il regarde alors les signes de misère. Les souliers de satin noir râpé, la valise « indigène » en carton bouilli, le chapeau d'homme. Il rit. Son rire la fait rire.

– Vous allez au lycée avec ces souliers-là ?

La jeune fille regarde ses souliers. Peut-être pour la première fois, on le dirait, elle les voit. Et elle rit comme lui. Elle dit : oui...

– Et avec ce chapeau aussi ?

Oui. Aussi. Elle rit encore plus. C'est un fou rire tant ce rire est naturel. Lui rit avec elle, de même.

– Remarquez... Il vous va très bien... le chapeau, c'est magnifique à quel point il vous va... comme s'il avait été fait pour vous...

Elle demande en riant :

– Et les souliers... ?

Le Chinois rit encore plus. Il dit :

– Les souliers, j'ai pas d'avis.

Ils rient de fou rire à regarder les souliers noirs.

C'est là, ç'avait été là, après ce fou rire-là que s'était inversée l'histoire.

Ils cessent de rire. Regardent ailleurs. Dehors, à perte de vue, les rizières. Le vide du ciel. La chaleur blême. Le soleil voilé.

Et partout les petites routes pour les charrettes à buffles conduites par des enfants.

Ils sont dans la pénombre de l'auto ensemble enfermés.

C'est cet arrêt du mouvement, de parler, ces faux regards vers la monotonie extérieure, la route, la lumière, les rizières jusqu'au ras du ciel, qui font cette histoire peu à peu se taire.

Le Chinois ne parle plus à l'enfant. On dirait qu'il la laisse. Qu'il est dans la distraction du voyage. Il regarde le dehors. Elle, elle regarde sa main qui est sur l'accoudoir de la banquette. Il a oublié cette main. Du temps passe. Et puis, voici que sans le savoir tout à fait, elle la prend. Elle la regarde. Elle la tient comme un objet jamais vu encore d'aussi près : une main chinoise, d'homme chinois. C'est maigre, ça s'infléchit vers les ongles, un peu comme si c'était cassé, atteint d'adorable infirmité, ça a la grâce de l'aile d'un oiseau mort.

À l'annulaire il y a une chevalière en or avec un diamant serti dans l'épaisseur centrale de l'or.

Cette bague, elle est trop grande, trop lourde pour l'annulaire de cette main. Cette main, elle n'en est pas sûre, doit être belle, elle est plus sombre que la naissance du bras. La montre qui est près de la main, l'enfant ne la regarde pas. Ni la bague. Elle est émerveillée par la main. Elle la touche « pour voir ». La main dort. Elle ne bouge pas.

Et puis lentement elle se penche sur la main. Elle la respire. Elle la regarde.

Regarde la main nue.

Puis brusquement cesse. Ne la regarde plus.

Elle ne sait pas s'il dort ou non. Elle lâche la main. Non, il ne dort pas il semblerait. Elle ne sait pas. Elle retourne la main, très délicatement, elle regarde l'envers de cette main, l'intérieur, nu, elle touche la peau de soie recouverte d'une moiteur fraîche. Puis elle remet la chose à l'endroit comme elle était sur l'accoudoir. Elle la range. La main, docile, laisse faire.

On ne voit rien du Chinois, rien, pas un signe de réveil. Peut-être dort-il.

L'enfant se détourne vers le dehors, vers les rizières, le Chinois. L'air tremble de chaleur.

C'est un peu comme si elle avait emporté la main avec elle dans le sommeil et qu'elle l'ait gardée.

Elle laisse la main loin d'elle. Elle ne la regarde pas.

Elle s'endort.

Elle s'est endormie on dirait.

Elle, elle sait que non, elle croit ça, que non. On ne sait pas.

Le Chinois dormait-il ? Elle ne saura jamais. Elle n'a jamais su. Quand elle s'était réveillée il la regardait. Il l'avait vue qui s'endormait et c'est alors qu'elle s'était réveillée.

Ils ne parlent pas de la main. Comme si rien n'en avait jamais été. Il dit :

— Tu es en quelle classe ?

— En seconde.

– Tu as quel âge?

Hésitation très légère de l'enfant.

– Seize ans.

Le Chinois doute.

– Tu es très petite pour seize ans.

– J'ai toujours été petite, je serai petite toute ma vie.

Il la regarde très fort. Elle ne le regarde pas. Il demande :

– Tu mens quelquefois...

– Non.

– C'est impossible. Comment tu fais pour pas mentir?

– Je dis rien.

Il rit. Elle dit :

– Ça me fait peur aussi le mensonge. Je ne peux m'en empêcher, comme la mort, un peu pareil.

Elle ajoute, elle affirme :

– Vous, vous ne mentez pas.

Il la regarde. Il cherche. Il dit, étonné :

– C'est vrai... c'est curieux...

– Vous ne le saviez pas?

– Non... j'avais oublié ou peut-être... j'ai jamais su.

Elle le regarde. Elle le croit. Elle dit :

– Comment vous faites pour pas mentir...

– Rien. C'est sans doute que dans ma vie je n'ai rien à mentir... je ne sais pas...

Elle a envie de l'embrasser. Il le voit, il lui sourit.

Elle dit :

– Vous l'auriez raconté à votre mère.

– Quoi?

Elle hésite, elle dit :

– Ce qui nous est arrivé.

Ils se regardent. Il est pour dire qu'il ne comprend pas... Il dit :

– Oui. Tout de suite. On aurait parlé toute la nuit. Elle adorait les choses comme ça... inattendues, on dit, non ?

– Oui. On dit aussi autrement.

Il la regarde. Il dit :

– Et toi... à ta mère... tu le diras ?

– Rien – elle rit – rien que l'idée...

Le Chinois sourit à l'enfant. Il dit :

– Rien du tout ? Jamais ?

– Rien. Jamais. Rien.

Elle prend sa main, embrasse la main.

Il la regarde les yeux fermés.

Elle dit :

– Tu t'es trompé, tu n'aurais rien raconté à ta mère.

Elle sourit, gentille, douce. Elle le regarde.

Il dit :

– Autrement j'ai vingt-sept ans. Sans profession...

– Et Chinois en plus...

– En plus oui... – il la regarde bien – mais comme tu es charmante... On te l'a déjà dit ?...

Elle sourit.

– Non.

– Et belle ? On te l'a dit que tu étais belle ?

Non, on ne le lui a pas dit. Qu'elle était petite, oui, mais belle, non. Elle dit :

– Non – elle sourit – pas encore on me l'a dit.
Il la regarde. Il dit :
– Ça te plaît qu'on te le dise...
– Oui.
Le Chinois rit d'une autre façon. Elle rit avec lui.
– On ne t'a jamais rien dit alors...
– Rien.
– Et qu'on te désirait... on te l'a dit ?... C'est pas
possible autrement, on te l'a dit.
L'enfant ne rit pas pareil.
– Si... des petits voyous... mais c'était rien, ils se
moquaient... Des métis surtout. Jamais des Fran-
çais.
Le Chinois ne rit pas. Il demande :
– Et des Chinois ?...
L'enfant sourit. Elle dit, étonnée :
– Jamais non plus de Chinois, c'est vrai...
Silence.
Le Chinois a tout à coup le sourire d'un enfant.
– Et à toi ça te plaît les études ?
Elle réfléchit, elle dit qu'elle ne sait pas bien si ça
lui plaît ou non, mais peut-être, oui, ça lui plaît. Il
dit que, lui, il aurait voulu faire l'Université des
lettres de Pékin. Que sa mère était d'accord. Que
c'était son père qui n'avait pas voulu. Pour ces
générations de Chinois c'était le français et
l'anglais-américain qu'il fallait apprendre. Il oublie,
il est allé aussi en Amérique justement pour ça pendant un an.
– Pour faire quoi plus tard...
– Banquier – il sourit – comme tous les hommes
de ma famille depuis cent ans.

Elle dit que la maison bleue est la plus belle de tout Vinh-Long et Sadec ensemble, que son père, il doit être un millionnaire.

Il rit, il dit que les enfants, en Chine, ne savent jamais le montant de la fortune du père.

Il oublie : tous les ans il fait des stages dans les grandes banques de Pékin. Il le lui dit.

Elle dit :

– Pas en Mandchourie ?...

Non. À Pékin. Il dit que pour son père, la Mandchourie, ce n'est pas assez riche étant donné le niveau de l'actuelle fortune de la famille.

Ils traversent les villages du riz, d'enfants et de chiens. Les enfants jouent sur la route entre les rangées de paillotes. Ils sont gardés par ces chiens, ceux jaunes et maigres de la campagne. Quand l'auto est passée, on voit les parents se relever des talus pour voir s'ils sont encore tous là, les enfants et les chiens.

C'est après le village qu'elle s'endort de nouveau. Toujours on dort sur les routes de Camau entre rizières et ciels quand on a un chauffeur pour se faire conduire.

Elle ouvre les yeux. Elle les referme. Ils cessent de parler. Elle le laisse faire. Il dit :

– Ferme les yeux.

Elle ferme les yeux comme il le veut.

Sa main caresse le visage de l'enfant, les lèvres, les yeux fermés. Le sommeil est parfait – il sait qu'elle ne dort pas, il préfère.

Il dit à voix basse, très lentement, une longue phrase en chinois.

Les yeux fermés elle demande ce qu'il a dit – il dit que c'est sur son corps à elle... que c'est impossible à dire... ce que c'est... c'est la première fois que ça lui arrive...

La main s'arrête brusquement. Elle ouvre les yeux et les referme. La main se reprend. La main est douce, elle n'est jamais brusque, d'une discrétion égale, d'une douceur séculaire, de la peau, de l'âme.

Lui aussi a refermé ses yeux quand il a caressé ses yeux à elle, ses lèvres. La main quitte le visage, descend le long du corps. Quelquefois elle s'arrête, effrayée. Puis elle se retire.

Il la regarde.

Il se retourne vers le dehors.

Il demande dans la même douceur que celle de sa main quel âge elle a en vrai.

Elle hésite. Elle dit en s'excusant :

– Je suis encore petite.

– Combien d'années ?

Elle répond dans la façon des Chinois :

– Seize années.

– Non – il sourit – ce n'est pas vrai.

– Quinze années... quinze et demie... ça va ?

Il rit.

– Ça va.

Le silence.

– Qu'est-ce que tu veux ?

L'enfant ne répond pas. Peut-être ne comprend-elle pas.

Le Chinois ne pose pas la question, il dit :

48

– L'amour, tu n'as jamais fait.

L'enfant ne répond pas. Elle cherche à répondre. Elle ne sait pas répondre à ça. Il a un mouvement vers elle. À son silence il voit qu'elle aurait quelque chose à dire. Quelque chose qu'elle ne saurait pas encore dire et dont elle ne connaît sans doute que l'interdit. Il dit :

– Je te demande pardon...

Ils regardent dehors.

Ils regardent l'océan de rizière de la Cochinchine. La plaine d'eau traversée par les petites routes droites et blanches des charrettes d'enfants. L'enfer de la chaleur immobile, monumental. À perte de vue la platitude fabuleuse et soyeuse du Delta. L'enfant, elle parlera plus tard d'un pays indécis, d'enfance, des Flandres tropicales à peine délivrées de la mer.

Ils traversent l'immensité sans se parler.

Et puis c'est elle qui raconte : ce pays du sud de l'Indochine du Sud il avait le même sol que la mer et ça pendant des millions d'années avant qu'il y ait la vie sur la terre, et que les paysans, ils continuent à faire comme les premiers hommes, à prendre le sol de la mer et à l'enfermer dans des talus de terre dure et à le laisser là pendant des années et des années pour le laver du sel avec l'eau de la pluie et le faire rizière prisonnière des hommes pour le reste des temps. Elle dit :

– Je suis née ici, dans le Sud, mes frères aussi. Alors notre mère nous raconte l'histoire du pays.

L'enfant s'est assoupie. Quand elle se réveille le Chinois lui dit que A.M.S. les a dépassés. Que c'était elle qui conduisait, que le chauffeur était à côté d'elle. L'enfant dit que c'est souvent qu'elle conduit elle-même. Elle hésite et dit :

– Elle va faire l'amour avec ses chauffeurs aussi bien qu'avec les princes quand ils visitent la Cochinchine, ceux du Laos, du Cambodge.

– Et tu le crois.

Elle hésite encore et elle raconte :

– Oui. Une fois elle est allée avec mon petit frère. Elle l'avait vu au Cercle, un soir, elle l'avait invité au tennis. Il y était allé. Après ils étaient allés à la piscine dans le parc. Il y a un bungalow là avec des douches, des chambres de gymnastique, c'est presque toujours désert.

Le Chinois dit :

– C'est un roi aussi ton petit frère peut-être.

L'enfant sourit. Elle ne répond pas. Elle découvre que c'est vrai, que ce petit frère est un prince pour de vrai. Prisonnier dans sa différence d'avec les autres, seul dans ce palais de sa solitude, si loin, si seul qu'il en est comme d'une naissance de chaque jour, de vivre.

Le Chinois la regarde :

– Tu pleures.

– C'est ce que tu as dit sur Paulo... c'était tellement vrai...

Il demande encore, tout bas :

– C'est lui qui te l'a dit ?

– Non. Lui, il ne dit rien, presque rien, mais je sais tout ce qu'il dirait s'il parlait.

50

Elle se souvient, elle rit en pleurant :

– Après il ne voulait plus aller au tennis avec A.M.S. jouer avec elle. Il avait peur...

– De quoi... ?

– Je ne sais pas... – elle découvre la chose – c'est vrai... on ne sait jamais de quoi il a peur mon petit frère. On ne peut pas le savoir d'avance.

– Qu'est-ce qui te plaît tellement chez cette femme...

Elle cherche. Elle ne s'est jamais posé la question. Elle dit :

– Je crois, l'histoire.

Ils traversent une zone différente du voyage. Les villages sont plus nombreux, les routes, meilleures. L'auto roule plus lentement.

Il dit :

– On va arriver à Cholen. Tu aimes Saigon ou Cholen ?

Elle sourit :

– ... je ne connais rien que les postes de brousse... toi, oui... ?

– Oui. J'aime Cholen. J'aime la Chine. Cholen c'est la Chine aussi. À New York et à San Francisco, non.

Ils se taisent. Il a encore parlé avec son chauffeur. Il dit à l'enfant que le chauffeur sait où est la pension Lyautey.

Ils regardent le dehors, l'arrivée de la ville.

Ils allaient se séparer. Elle se souvient combien c'était difficile, cruel, de parler. Les mots étaient introuvables tellement le désir était fort. Ils ne s'étaient plus regardés. Ils avaient évité leurs mains, leurs yeux. C'était lui qui avait imposé ce silence. Elle avait dit que ce silence à lui seul, les mots évités par ce silence, sa ponctuation même, sa distraction, ce jeu aussi, l'enfance de ce jeu et ses pleurs, tout ça aurait pu déjà faire dire qu'il s'agissait d'un amour.

Ils roulent encore pas mal de temps. Sans plus se parler. L'enfant sait qu'il ne dira plus rien. Il le sait d'elle de la même façon.

L'histoire est déjà là, déjà inévitable,

Celle d'un amour aveuglant,

Toujours à venir,

Jamais oublié.

L'auto noire s'est arrêtée devant la pension Lyautey. Le chauffeur prend la valise de l'enfant et la porte jusqu'à la porte de la pension.

L'enfant descend de l'auto, elle va lentement, docilement vers la même porte.

Le Chinois ne la regarde pas.

Ils ne se retournent pas, ne se regardent plus. Ne se connaissent plus.

C'est la cour de la pension Lyautey.

La lumière est moins vive. C'est le soir. Le sommet des arbres est déjà dans le crépuscule. La cour est faiblement éclairée par tout un réseau de lampes en tôle vertes et blanches. Les jeux sont surveillés.

Il y a là des jeunes filles, une cinquantaine. Il y en a sur des bancs de jardin, sur les marches des couloirs circulaires, il y en a d'autres qui tournent en rond le long des bâtiments, deux par deux, à bavarder et à rire aux éclats, de tout et de n'importe quoi.

Il y a celle sur un banc, allongée, celle nommée ici et dans les autres livres de son nom véritable, celle d'une miraculeuse beauté qu'elle, elle veut laide, oui, celle de ce nom de ciel, Hélène Lagonelle dite de Dalat. Cet autre amour d'elle, l'enfant, jamais oublié.

Elle la regarde et puis, lentement, caresse son visage.

Hélène Lagonelle se réveille. Elles se sourient.

Hélène Lagonelle dit que tout à l'heure elle va lui raconter une chose terrible qui est arrivée à la pension Lyautey. Elle dit :

– Je t'attendais pour ça, et puis je me suis endormie. Tu arrives plus tôt que d'habitude.

– Sur le bac j'ai rencontré quelqu'un qui était tout seul et qui m'a offert une place dans son auto.

– Un Blanc ?

– Non. Un Chinois.

– Quelquefois ils sont beaux les Chinois.

– Surtout ceux du Nord. C'était le cas.

Elles se regardent. L'enfant surtout.

– Tu n'es pas allée à Dalat ?

– Non. Mes parents n'ont pas pu venir me chercher. Ils n'ont pas dit pourquoi. Mais je ne me suis pas ennuyée.

L'enfant la regarde attentivement, tout à coup inquiète à cause des cernes noirs sous les yeux et de la pâleur du visage d'Hélène. Elle lui demande :

– Tu n'es pas malade un peu ?

– Non, mais je suis fatiguée tout le temps. À l'infirmerie ils m'ont donné un fortifiant.

– Qu'est-ce qu'ils t'ont dit ?

– Que c'était rien. La paresse peut-être... ou la période d'acclimatation... après Dalat, qui dure encore.

L'enfant essaye de surmonter une sorte d'inquiétude, mais elle n'y arrive pas, elle n'y arrivera jamais tout à fait. L'inquiétude subsistera jusqu'à leur séparation *.

– Tu ne devais pas me raconter quelque chose...

Hélène Lagonelle raconte tout de suite et d'une traite ce qui est arrivé à la pension Lyautey.

– Figure-toi, il y en a une, les surveillantes, elles l'ont découverte, elle fait la prostituée tous les soirs, là derrière. On s'était aperçu de rien. Tu sais qui c'est : c'est Alice... la métisse...

Silence.

* Hélène Lagonelle est morte de tuberculose à Pau où sa famille était revenue dix ans après avoir quitté la pension Lyautey. Elle avait vingt-sept ans. Elle était revenue d'Indochine où elle s'était mariée. Elle avait deux enfants. Toujours aussi belle elle était restée. D'après des tantes à elle qui avaient téléphoné après la parution du livre – *L'Amant*.

– Alice... Avec qui elle va comme ça?

– N'importe qui... des passants... des hommes en auto qui s'arrêtent, elle va aussi avec eux. Ils vont dans le fossé derrière le dortoir... toujours au même endroit.

Silence.

– Tu les as vus...

Hélène Lagonelle ment :

– Non, elles m'ont dit, les autres, que c'est pas la peine de regarder, qu'on ne voit rien du tout...

L'enfant demande ce que dit Alice de cette prostitution.

– Elle dit que ça lui plaît... même beaucoup... que ces hommes on les connaît pas, on les voit pas, presque pas... et que c'est ça qui la fait... comment on dit...

L'enfant hésite et puis elle dit le mot « à la place d'Alice ».

Elle dit : jouir.

Hélène dit que c'est ça.

Elles se regardent et rient du bonheur de se retrouver.

Hélène dit :

– Ma mère, elle dit qu'il ne faut pas dire ce mot, même quand on le comprend. Que c'est un mot mal élevé. Ton petit frère il dit quel mot?

– Aucun. Il dit rien mon petit frère. Il sait rien. Il sait que ça existe. Tu verras, la première fois que ça nous arrive... on a peur, on croit qu'on est en train de mourir. Mais lui, mon petit frère, il doit croire que le mot est caché. Qu'il n'y a pas de mot exprès pour dire les choses qu'on ne voit pas.

– Dis-moi encore sur ton petit frère.

– La même histoire toujours... ?

– Oui. C'est jamais la même mais toi, tu le sais pas.

– On allait chasser ensemble dans la forêt au bord de l'embouchure du rac. Toujours seuls. Et puis une fois c'est arrivé. Il est venu dans mon lit. Les frères et les sœurs, on est des inconnus entre nous. On était très petits encore, sept huit ans peut-être, il est venu et puis il est revenu toutes les nuits. Une fois mon frère aîné l'a vu. Il l'a battu. C'est là que ça a commencé, la peur qu'il le tue. C'est après ça que ma mère m'a fait dormir dans son lit à elle. Mais on a continué quand même. Quand on était à Prey-Nop on allait dans la forêt ou dans les barques, le soir. À Sadec on allait dans une classe vide de l'école.

– Et après ?

– Après il a eu dix ans, puis douze puis treize ans. Et puis une fois il a joui. Alors il a tout oublié, il a eu un tel bonheur, il a pleuré. Moi aussi j'ai pleuré. C'était comme une fête, mais profonde, tu vois, sans rires, et qui faisait pleurer.

L'enfant pleure. Hélène Lagonelle pleure avec elle. Toujours elles pleuraient ensemble sans savoir pourquoi, d'émotion, d'amour, d'enfance, d'exil.

Hélène dit :

– Je savais que tu étais dingo mais pas à ce point.

– Pourquoi je suis dingo ?

– Je sais pas le dire mais tu l'es, dingo, je te jure. C'est ton petit frère peut-être, tu l'aimes tellement... ça te rend folle...

Silence. Et puis Hélène Lagonelle pose la question :

– Tu l'as raconté à quelqu'un d'autre avant moi tout ça sur ton petit frère ?

– À Thanh, une fois. C'était la nuit, dans l'auto, on allait à Prey-Nop.

– Il a pleuré Thanh.

– Je ne sais pas, je me suis endormie.

L'enfant s'arrête et puis elle dit encore :

– Et puis je suis sûre, un jour Paulo il trouvera d'autres femmes à Vinh-Long, à Saigon, même des Blanches, au cinéma, dans les rues et surtout dans le bac de Sadec bien sûr.

Elles rient.

Hélène demande à l'enfant pour Thanh, s'ils ont fait l'amour ensemble ou non.

L'enfant dit :

– Il n'a jamais voulu. Je lui ai demandé beaucoup de fois mais jamais il a voulu.

Hélène se met à pleurer. Elle dit :

– Tu vas partir en France et je serai seule tout à fait. Je crois que mes parents ils ne veulent plus de moi à Dalat. Ils ne m'aiment plus.

Silence. Et puis Hélène oublie son sort. Elle recommence à parler d'Alice, celle qui fait l'amour dans les fossés. Elle parle tout bas. Elle dit :

– Je ne t'ai pas tout dit... mais elle se fait payer Alice... et très cher... Elle fait ça pour acheter une maison. Elle est orpheline Alice, elle n'a aucun parent, rien, elle dit qu'une maison, même petite, ce sera toujours ça qu'elle aura, Alice, pour savoir où se mettre – elle dit : on ne sait jamais.

L'enfant croit toujours ce que dit Hélène. Elle dit :

– Je crois ce que tu dis mais c'est peut-être pas seulement pour la maison qu'elle fait payer les hommes et qu'ils reviennent, c'est que ça leur plaît à eux aussi – elle se fait payer combien ?

– Dix piastres. Et à chaque fois le même soir.

– C'est pas mal dix piastres, non ?...

– C'est ce qui me semble... mais je ne sais rien des prix, Alice, si, même les prix des Blanches rue Catinat.

L'enfant. Des larmes lui viennent aux yeux. Hélène Lagonelle la prend dans ses bras, elle crie :

– Qu'est-ce que tu as ?... C'est ce que j'ai dit ?...

L'enfant sourit à Hélène. Elle dit que c'est rien, que c'est quand on parle d'argent, des trucs de sa vie à elle.

Elles s'embrassent et elles restent embrassées, enlacées, à s'embrasser, à se taire, à s'aimer fort.

Et puis Hélène recommence à parler à l'enfant. Elle dit :

– Il y a autre chose que je voulais te dire – c'est que moi aussi je suis comme Alice. Ça lui plaît cette vie-là. À moi aussi ça me plairait. J'en suis sûre. Remarque que moi, je préférerais aussi faire la prostituée plutôt que soigner les lépreux....

L'enfant rit :

– Qu'est-ce que tu racontes encore...

– Mais ici tout le monde le sait... sauf toi. Qu'est-ce que tu crois ?... Ils nous font faire des études soi-disant pour qu'on trouve un travail quand on sortira de la pension mais c'est faux. Ils

58

nous prennent en pension pour ensuite nous envoyer dans les lazarets, chez les lépreux, les pestiférés, les cholériques. Autrement ils trouvent personne pour faire... ça...

L'enfant rit fort :

– Mais tu crois vraiment à cette histoire ?

– Dur comme fer j'y crois.

– Toujours le pire tu crois, non ?

– Toujours.

Elles rient. N'empêche que Hélène Lagonelle ne met pas en doute ce que raconte Alice.

L'enfant demande à Hélène Lagonelle ce que raconte encore Alice sur cette histoire.

Hélène dit qu'Alice trouve ça très naturel. Qu'il n'y a pas deux hommes pareils, elle dit : comme partout et pour tout. Qu'il y en a des très très extraordinaires aussi. Il y en a aussi qui ont peur de faire ça. Mais ce qui plaît surtout à Alice, et il y en a beaucoup de ceux-là, c'est ceux qui lui parlent comme à d'autres femmes, qui l'appellent avec d'autres noms, qui lui disent des choses dans des langues étrangères aussi. Qui parlent de leur femme aussi, il y en a beaucoup, de ceux-là. Il y en a aussi qui l'insultent. Et des autres qui lui disent qu'ils n'ont aimé qu'elle dans leur vie.

Elles rient, les deux amies. L'enfant demande :

– Elle a peur quelquefois Alice ?

– De quoi elle aurait peur ?...

– D'un assassin... d'un fou... on ne sait pas, avant...

– Elle m'a pas dit mais peut-être un peu quand même... on sait jamais dans ce quartier, non ?

– Peut-être. C'est les Blancs qui le disent et eux ils ne viennent jamais ici, alors...

Hélène Lagonelle regarde l'enfant, longuement, et puis elle demande :

– Toi, tu as peur du Chinois ?

– Comme ça... un peu... mais de l'aimer peut-être. J'ai peur... Je veux aimer que Paulo jusqu'à ma mort.

– Je savais ça... quelque chose comme ça...

Hélène pleure. L'enfant la prend dans ses bras et lui dit des mots d'amour.

Et Hélène est heureuse et elle dit à l'enfant qu'elle est folle de lui dire des choses pareilles. Dit pas lesquelles...

L'enfant ne sait plus ce qu'elle dit à Hélène. Et Hélène a peur tout à coup, une peur terrible entre toutes, de se cacher la vérité sur la nature de cette passion qu'elles ont l'une pour l'autre, et qui de plus en plus les fait si seules ensemble, partout où elles se trouvent.

C'est la route du lycée. C'est sept heures et demie, c'est le matin. À Saigon. C'est la fraîcheur miraculeuse des rues après le passage des arroseuses municipales, l'heure du jasmin qui inonde la ville de son odeur – si violente elle est que « c'est écœurant », disent certains Blancs au début de leur séjour. Pour ensuite la regretter dès leur départ de la colonie.

L'enfant vient de la pension Lyautey. Elle va au lycée.

À cette heure-là la rue Lyautey est presque déserte.

L'enfant est la seule de la pension à être dans le secondaire au lycée de Saigon, donc à passer par là.

C'est le commencement de l'histoire.

L'enfant est encore sans le savoir.

Et puis, devant elle, tout à coup, le long de l'autre trottoir, à sa gauche, arrêtée, il y a l'histoire, l'auto du bac, très longue très noire, tellement belle, tellement et chère aussi, tellement grande. Comme la chambre d'un Grand Hôtel.

L'enfant ne la reconnaît pas tout de suite. Elle reste là, arrêtée devant elle. À la regarder. Et puis à la reconnaître. Et puis à le reconnaître. Et puis à le voir, lui, l'homme de la Mandchourie endormi ou mort. Celui de la main, celui du voyage.

Il fait comme s'il ne l'avait pas vue.

Il est là où il était, à droite sur la banquette arrière.

Elle le voit sans avoir à le regarder.

Le chauffeur lui aussi est à sa place, parfait, lui aussi la tête détournée de l'enfant qui lentement, distraite, dirait-on, est en train de traverser la rue.

61

Pour elle, l'enfant, ce « rendez-vous de rencontre », dans cet endroit de la ville, était toujours resté comme étant celui du commencement de leur histoire, celui par lequel ils étaient devenus les amants des livres qu'elle avait écrits.

Elle croyait, elle savait que c'était là, dans cette scène extérieure, à partir d'une sorte d'intelligence qu'ils avaient eue de leur désir, tout raisonnement banni, qu'ils ne s'étaient plus empêchés de rien, qu'ils étaient devenus des amants.

Peut-être doute-t-elle qu'il fallait le faire ou peut-être ne sait-elle pas qu'elle a déjà traversé l'espace de la rue qui les sépare.

Elle ne bouge pas tout d'abord.

Elle va lentement vers lui derrière la vitre.

Reste là.

Ils se regardent très vite, le temps de voir, de s'être vus.

La voiture est dans le sens inverse de sa marche à elle. Elle pose sa main sur la vitre. Puis elle écarte sa main et elle pose sa bouche sur la vitre, embrasse là, laisse sa bouche rester là. Ses yeux sont fermés comme dans les films.

C'est comme si l'amour avait été fait dans la rue, elle avait dit.

Aussi fort.

Le Chinois avait regardé.

À son tour il avait baissé les yeux.

Mort du désir d'une enfant.

Martyre.

L'enfant avait retraversé la rue.

Sans se retourner elle était repartie vers le lycée.

Elle avait entendu l'auto s'en aller sans faire de bruit sur une route devenue de velours, nocturne.

Jamais, dans les mois qui avaient suivi, ils n'avaient parlé de la douleur effrayante de ce désir.

Le lycée.

Il n'y a plus d'élèves dans les couloirs. Ils sont tous rentrés dans les classes.

L'enfant est en retard.

Elle entre dans sa classe. Elle dit : « Excusez-moi. »

Le professeur fait un cours sur Louise Labé.

Ils se sourient avec l'enfant.

Le professeur reprend son cours sur Louise Labé – il refuse de l'appeler par son surnom « la belle Cordière ». D'abord il donne son avis personnel sur Louise Labé. Il dit qu'il l'admire énormément, que c'est une des rares personnes du temps passé qu'il aurait aimé connaître et entendre dire la poésie.

Le professeur raconte que lorsque Louise Labé allait chez son imprimeur-libraire pour lui remettre le manuscrit de son dernier recueil, elle demandait toujours à une femme amie de l'y accompagner. Elle était restée obscure sur ce point-là de justifier le pourquoi de ce désir, cet accompagnement de celle qui avait écrit les poèmes par une autre femme. Le professeur avait dit que peut-être cet accompagnement avait valeur d'authentification, surtout de la part d'une femme. Le professeur disait que c'était laissé au gré des élèves d'y voir ce qu'ils croyaient. Un garçon avait dit que c'était la crainte de Louise Labé d'être abordée par des hommes sur les routes. Une fille avait dit que c'était la crainte d'être volée de ses poèmes. L'enfant avait dit que les deux femmes, Louise Labé et celle qui l'accompagnait, devaient se connaître si bien que jamais Louise Labé ne devait s'être posé la question de savoir si elle l'emmenait avec elle ou pas à propos des poèmes ou d'autre chose.

C'est un jeudi après-midi. Presque toutes les pensionnaires partent en promenade.

Elles traversent la cour centrale. Elles sont en rang par deux. Toutes avec la robe blanche du trousseau de la pension, les souliers de toile blanche, les ceintures blanches et les chapeaux également de toile blanche. Lavable.

La pension se vide. Dès que les pensionnaires sont sorties un gouffre de silence se produit dans la cour centrale, provoqué dirait-on par l'absence totale et soudaine des voix.

C'est un endroit couvert dans la pension vide. C'est à l'angle de deux couloirs sur lequel donnent le portail et les classes de l'École afférente à la pension. De cet endroit couvert arrivent les voix des deux jeunes filles amies et un air de danse. Il vient d'un phonographe posé par terre. L'air est un paso doble très classique, celui de la phase de la mise à mort dans les arènes d'Espagne. L'air est brutal, d'une magnifique scansion populaire.

Elles parlent peu sauf pour les conseils de danse donnés par l'enfant.

Elles sont pieds nus sur les dalles des couloirs. Elles portent les robes courtes de la mode d'alors, en coton clair imprimé de motifs fleuris également clairs.

Elles sont belles, elles ont oublié qu'elles le savent déjà.

Elles dansent. Elles sont de race blanche. Elles sont dispensées de la promenade réglementaire des métisses abandonnées – parce que blanches, si pauvres que soient leurs familles – sur leur simple demande.

Hélène Lagonelle demande à l'enfant qui lui a appris le paso doble.

– Mon petit frère Paulo.

– Il t'a tout appris, le petit frère.

– Oui.

Le silence est total quand cessent les voix.

Hélène Lagonelle dit qu'elle commence à aimer Paulo.

Elle dit qu'elle ne comprend pas pourquoi ses parents la laissent là. Elle ne travaille pas, rien. Elle dit que ses parents le savent, qu'ils cherchent à se débarrasser d'elle. Pourquoi? elle ne sait pas.

— Je ne peux pas supporter l'idée d'être ici pour encore trois ans. Je préfère mourir.

L'enfant rit :

— Depuis quand tu ne le supportes plus?

— Depuis que tu as rencontré le Chinois.

Silence. L'enfant éclate de rire :

— Depuis trois jours, alors?

— Oui... mais ça avait commencé avant, très fort. Il n'y a pas que ça. Il y a aussi que je t'ai menti. J'ai commencé à penser à ton petit frère... la nuit...

Elles sont dans l'ombre fraîche. Elles dansent. Du soleil vient d'une fenêtre haute comme dans les prisons, les pensions religieuses, pour les hommes ne pas pouvoir entrer. Dans un coin, dans le soleil, il y a leurs sandales défaites, jetées là, à elles seules troublantes.

Assis contre un pilier du couloir, il y a un jeune boy en blanc, un de ceux qui chantent la nuit du côté des cuisines les chants indochinois de l'enfance des jeunes filles. Il les regarde. Il est immobile comme cloué par ce regard sur elles, les jeunes filles blanches qui dansent pour lui seul et qui l'ignorent.

Hélène Lagonelle parle tout bas à l'enfant :

– Tu vas faire l'amour avec le Chinois?
– Oui, je crois.
– Quand?
– Peut-être tout à l'heure.
– Tu le désires beaucoup?
– Beaucoup.
– Vous avez rendez-vous?
– Non, mais c'est pareil.
– Tu es sûre qu'il viendra?
– Oui.
– Qu'est-ce qui te plaît chez lui?
– Je ne sais pas. Pourquoi tu pleures, tu préférais avant?

– Oui et non. Depuis les vacances j'ai commencé à penser à ton petit frère pour l'aimer, lui. Sa peau, ses mains... Et puis tu as parlé de tes rêves sur lui. Quelquefois je l'appelais la nuit. Et puis une fois... je voulais te le dire... voilà.

L'enfant finit la phrase d'Hélène:

– ... Une fois ça t'est arrivé.

– Oui. Je t'ai menti. Je mens et tu le sais même pas... tu t'en fiches...

Silence. L'enfant dit:

– Tu as autre chose à dire, je le sais.

Hélène enlace l'enfant, cache son visage avec ses mains et dit:

– Je voudrais aller une fois avec les hommes qui vont avec Alice. Une seule fois. Je voulais t'en parler...

L'enfant crie tout bas:

– Non. Ils ont tous la syphilis.

– On meurt de ça?...

– Oui. Mon frère aîné il l'a eue, je le sais. Il a été sauvé par un docteur français.

– Alors qu'est-ce que je vais devenir...?

– Tu attendras la France. Ou tu rentres à Dalat sans prévenir. Et puis tu restes là. Tu bouges plus de là.

Silence.

– J'ai envie de tous les boys. De celui-là qui est au phono aussi. Des professeurs. Du Chinois.

– C'est vrai. C'est tout le corps qui est pris... on pense plus qu'à ça.

Silence.

Elles se regardent.

L'enfant a des larmes dans les yeux. Elle dit :

– Je voudrais te dire une chose... c'est impossible à dire, mais je voudrais que tu saches. Pour moi, le désir, le premier désir, ça a été toi. Le premier jour. Après ton arrivée. C'était le matin, tu revenais de la salle de douches, complètement nue... c'était à ne pas en croire ses yeux, à croire qu'on t'inventait...

L'enfant s'écarte d'Hélène Lagonelle et elles se regardent.

Hélène dit :

– Je savais ça, cette histoire-là...

– Est-ce que tu ne sais vraiment pas à quel point tu es belle?

– Moi, je ne sais pas... mais peut-être... que oui, je le suis... ma mère, elle est très belle. Alors ce serait normal que je le sois aussi, non? Mais c'est comme si les gens me le disaient pour dire autre chose... que je suis pas très intelligente... et je vois la méchanceté à leur air...

68

L'enfant rit. Elle pose sa bouche sur celle d'Hélène. Elles s'embrassent. Hélène dit tout bas :

– C'est toi qui es belle... Pourquoi, moi, je ne peux même pas me regarder dans la glace quelquefois ?

– Peut-être parce que tu es trop belle... Ça te dégoûte...

Le petit boy des cuisines regarde toujours la danse des « jeunes Françaises » qui sont en train d'encore s'embrasser.

Le disque s'est terminé. La danse est finie.

Le silence comme le sommeil dans la pension déserte.

Puis le bruit de l'auto arrive dans l'entrée. Les jeunes filles et le petit boy vont à la fenêtre et regardent. La Léon Bollée est là, arrêtée devant l'entrée de l'École. Le chauffeur de la Léon Bollée est visible. Des rideaux blancs masquent les sièges arrière comme si cette auto transportait un condamné qu'on ne saurait regarder.

L'enfant sort pieds nus, ses chaussures à la main et elle va vers la voiture. Le chauffeur lui ouvre la portière.

Ils sont assis l'un près de l'autre.

Ils ne se regardent pas. C'est un moment difficile. À fuir.

Le chauffeur a reçu des ordres. Il démarre sans attendre. Il roule lentement dans la ville pleine de piétons, de vélos, de la foule indigène de chaque jour.

Ils arrivent à La Cascade. L'auto s'arrête. L'enfant ne bouge pas. Elle dit qu'elle ne veut pas aller là. Le Chinois ne demande pas pourquoi. Il dit au chauffeur de rentrer.

L'enfant s'est mise contre l'homme chinois. Elle dit très bas :

— Je veux aller chez toi. Tu le sais. Pourquoi tu m'as amenée à La Cascade ?

Il la prend contre lui. Il dit :

— Par imbécillité.

Elle reste contre lui, le visage caché par lui. Elle dit :

— Je recommence à te désirer. Je te désire tu ne peux pas imaginer combien...

Il lui dit qu'il ne faut pas dire ça.

Elle promet. Jamais plus.

Et puis il dit qu'il la désire aussi, de la même façon.

Retraversée de la ville chinoise.

Ils ne regardent pas cette ville. Quand ils ont l'air de la regarder, ils ne regardent rien.

Ils se regardent sans le vouloir. Alors ils baissent les yeux. Puis restent ainsi à se voir les yeux fermés, sans bouger et sans se voir, comme s'ils se regardaient encore.

70

L'enfant dit :

– Je vous désire beaucoup.

Il dit qu'elle le sait pour elle comme elle le sait pour lui.

Ils se détournent vers le dehors.

La ville chinoise arrive vers eux dans le vacarme des vieux tramways, dans le bruit des vieilles guerres, des vieilles armées harassées, les tramways roulent sans cesse de sonner. Ça fait un bruit de crécelle, à fuir. Accrochés aux trams il y a des grappes d'enfants de Cholen. Sur les toits il y a des femmes avec des bébés ravis, sur les marchepieds, les chaînes de protection des portes, il y a des paniers d'osier pleins de volailles, de fruits. Les trams n'ont plus forme de trams, ils sont bouffis, bosselés jusqu'à ressembler à rien de connu.

Tout à coup la foule s'éclaircit sans qu'on comprenne du tout pourquoi ni comment.

Voilà. C'est calme. Le bruit reste égal mais devient lointain. La foule s'éclaircit. Les femmes ne sont plus au galop, elles sont calmes. C'est une rue à compartiments comme il y en a partout en Indochine. Il y a des fontaines. Une galerie couverte la longe. Elle est sans magasins sans trams. Sur le sol de terre battue des marchands de la campagne se reposent à l'ombre de la galerie. Le vacarme de Cholen est lointain, tellement, qu'on croirait à un village dans l'épaisseur de la ville. C'est là dans ce village. C'est sous la galerie ouverte.

Une porte.

Il ouvre cette porte.

C'est obscur.

C'est inattendu, c'est modeste. Banal. C'est rien.
Il parle. Il dit :

— Je n'ai pas choisi les meubles. Ils étaient là, je les
ai gardés.

Elle rit. Elle dit :

— Il n'y a pas de meubles... Regarde...

Il regarde et il dit tout bas que c'est pourtant vrai,
qu'il n'y a que le lit, le fauteuil et la table.

Il s'assied dans le fauteuil, lui. Elle, elle reste
debout.

Elle le regarde encore. Elle sourit. Elle dit :

— Ça me plaît la maison comme ça...

Ils ne se regardent pas. Dès qu'il ferme la porte,
tout à coup, ensemble, ils traversent une espèce de
désintéressement apparent. Le désir ne se montre
pas, il s'efface, puis, brutalement, il revient. Elle le
regarde. Ce n'est pas lui qui la regarde. C'est elle qui
le fait. Elle voit qu'il a peur.

C'est à partir de la douceur de ce regard de
l'enfant que la peur est transgressée. C'est elle qui
veut savoir, qui veut tout, le plus, tout, vivre et
mourir dans le même temps. Celle qui est au plus
près du désespoir et de l'intelligence de la passion —
à cause de ce jeune frère qui a grandi dans l'ombre
du frère criminel et qui veut chaque jour mourir et
que chaque jour, chaque nuit, elle, l'enfant, elle
sauve du désespoir.

Le Chinois dit tout bas comme s'il était tenu de
le dire :

— Je me suis mis à être amoureux de toi peut-
être.

72

Dans les yeux de l'enfant une certaine crainte. Elle se tait *.

Par diversion sans doute, lentement, sans bruit, elle marche dans la garçonnière, elle regarde l'endroit meublé comme un hôtel de gare. Et lui il ne le sait pas, il ne voit pas ces choses-là et elle l'adore pour ça. Il la regarde faire, explorer les lieux, et il ne comprend pas pourquoi. Il croit qu'elle fait se passer le temps, qu'elle occupe l'attente infernale, que c'est ça le pourquoi. Il dit :

— C'est mon père qui m'a donné ça. Ça s'appelle une garçonnière. Les jeunes Chinois riches ici, ils ont beaucoup de maîtresses, c'est dans les mœurs.

Elle répète le mot garçonnière. Elle dit qu'elle connaît ce mot-là, elle ne sait pas comment, dans les romans peut-être. Elle ne marche plus. Elle est arrêtée devant lui, elle le regarde, elle lui demande :

— Tu as beaucoup de maîtresses.

Le tutoiement de lui par elle, tout à coup, merveilleux.

— Comme ça... oui... de temps en temps.

Son regard à elle va vers lui, très vif, dans un éclair de bonheur, oui, ça lui plaît. Il demande :

— Ça te plaît que j'aie des maîtresses.

---

* Dans le cas d'un film tiré de ce livre-ci, il ne faudrait pas que l'enfant soit d'une beauté seulement belle. Cela serait peut-être dangereux pour le film. Il s'agit d'autre chose qui joue en elle, l'enfant, de « difficile à éviter », d'une curiosité sauvage, d'un manque d'éducation, d'un manque, oui, de timidité. Une sorte de Miss France-enfant ferait s'effondrer le film tout entier. Plus encore : elle le ferait disparaître. La beauté ne fait rien. Elle ne regarde pas. Elle est regardée.

Elle dit que oui. Pourquoi, elle ne dit pas, elle ne sait pas le dire.

La réponse le frappe. Elle lui fait un peu peur. C'est un moment difficile pour lui.

Elle dit qu'elle désire les hommes quand ils aiment une femme et qu'ils ne sont pas aimés par cette femme. Elle dit que son premier désir c'était un homme comme ça, malheureux, affaibli par un désespoir d'amour.

Le Chinois demande : Thanh ? Elle dit non, pas lui. Il dit :

– Écoute-moi... on va repartir... on reviendra une autre fois...

Pas de réponse de l'enfant. Le Chinois se lève, il fait quelques pas, il lui tourne le dos. Il dit :

– Tu es tellement jeune... ça me fait peur. J'ai peur de ne pas pouvoir... de ne pas arriver à dominer l'émotion... tu comprends un peu ?...

Il se tourne vers elle. Son sourire tremble. Elle hésite. Elle dit ne pas avoir compris. Mais qu'elle comprend un peu... qu'elle aussi elle a un peu peur. Il demande :

– Tu sais rien.

Elle dit qu'elle sait un peu mais qu'elle ne sait pas si c'est de ça qu'il veut parler.

Silence.

– Comment tu saurais ?

– Par mon jeune frère... on avait très peur de notre frère aîné. Alors on dormait ensemble quand on était petits... Ça a commencé comme ça...

Silence.

– Tu aimes le petit frère.

74

L'enfant est longue à répondre : à parler du secret de sa vie, ce petit frère « différent ».

– Oui.

– Plus que... tout au monde...

– Oui.

Le Chinois est très ému :

– C'est celui qui est un peu... différent des autres...

Elle le regarde. Ne répond pas.

Des larmes viennent au bord des yeux. Elle ne répond toujours pas. Elle demande :

– Comment vous savez ça ?

– Je ne sais plus comment...

Silence. Elle dit :

– C'est vrai que si vous habitez Sadec vous devez savoir des choses sur nous.

– Avant de te rencontrer, non, rien. C'est après le bac, le lendemain... mon chauffeur t'avait reconnue.

– Comment il t'a dit... Dis-moi les mots.

– Il m'a dit : elle est la fille de la directrice de l'École de filles. Elle a deux frères. Ils sont très pauvres. La mère a été ruinée.

Il est dans une timidité soudaine. Il ne saurait en dire la cause. Peut-être est-ce la jeunesse de l'enfant tout à coup qui apparaît, comme un fait brutal, entier, inapprochable, presque indécent. Sa violence aussi, venue de la mère sans doute. Elle, elle ne peut pas savoir ces choses-là quant à elle. Il demande :

– C'est ça ?...

– C'est ça. C'est bien nous... Il a dit comment, ça, que ma mère elle a été ruinée ?

– Il a dit que c'était une terrible histoire, qu'elle n'avait pas eu de chance.

Silence. Elle ne répond rien. Elle ne veut pas répondre à ça. Elle demande :

— On peut rester encore un peu ici. Il fait tellement chaud... au-dehors.

Il se lève, il allume le ventilateur. Il se rassied. La voit, la regarde. Elle, elle ne le quitte pas des yeux. Elle demande :

— Tu ne travailles pas.

— Non. Rien.

— Tu ne fais jamais rien, jamais... jamais tu fais quelque chose...

— Jamais.

Elle lui sourit. Elle dit :

— Tu dis « jamais » comme si tu disais « toujours ».

L'enfance qui revient : elle enlève son chapeau. Elle laisse tomber de ses pieds ses chaussures, elle ne les ramasse pas.

Il la regarde.

Silence.

Le Chinois dit tout bas :

— C'est curieux... à ce point... que tu me plaises...

Elle se met sous le ventilateur. Elle sourit à la fraîcheur. Elle est contente. Aucun des deux ne se rend compte que l'amour est là. Le désir se distrait encore.

Elle va jusqu'à une autre porte qui se trouve de l'autre côté de la porte d'entrée. Elle essaye d'ouvrir. Elle se retourne vers lui. C'est dans le regard qu'il a sur elle qu'on devinerait qu'il va l'aimer, qu'il ne se trompe pas. Il est dans une sorte d'émotion continue, qu'elle parle ou qu'elle se taise. Dans cette découverte de la maison il y a beaucoup de jeu, d'enfance. Pour lui, l'amour aurait pu commencer là. L'enfant le remplit de peur et de joie. Elle demande :

76

– Où elle va cette porte?

Il rit :

– Dans une autre rue. Pour se sauver. Tu croyais quoi?

L'enfant sourit au Chinois. Elle dit :

– Un jardin. C'est pas ça?...

– Non. C'est une porte pour rien. Tu aurais préféré quoi...

Elle revient, elle prend un verre sur la margelle du bassin. Elle dit :

– Une porte pour se sauver.

Ils se regardent. Elle dit :

– J'ai soif.

– Il y a de l'eau filtrée dans la glacière à côté de la porte.

Silence. Puis elle dit :

– J'aime bien comment c'est ici.

Il demande comment elle voit qu'il est cet endroit.

Ils se regardent. Elle hésite puis elle dit :

– C'est abandonné – elle le regarde fort – et puis ça sent ton odeur.

Il la regarde marcher, boire, revenir.

L'oublier, lui. Et puis se souvenir.

Il se lève.

Il la regarde. Il dit :

– Je vais te prendre.

Silence. Le sourire s'est effacé du visage de l'enfant.

Elle a pâli.

– Viens.

Elle va vers lui. Elle dit rien, cesse de le regarder.

Il est assis devant elle qui est debout. Elle baisse les yeux. Il prend sa robe par le bas, la lui enlève. Puis il fait glisser le slip d'enfant en coton blanc. Il jette la robe et le slip sur le fauteuil. Il enlève les mains de son corps, le regarde. La regarde. Elle, non. Elle a les yeux baissés, elle le laisse regarder.

Il se lève. Elle reste debout devant lui. Elle attend. Il se rassied. Il caresse mais à peine le corps encore maigre. Les seins d'enfant, le ventre. Il ferme les yeux comme un aveugle. Il s'arrête. Il retire ses mains. Il ouvre les yeux. Tout bas, il dit :

– Tu n'as pas seize années. Ce n'est pas vrai.

Pas de réponse de l'enfant. Il dit : C'est un peu effrayant. Il n'attend pas de réponse. Il sourit et il pleure. Et elle, elle le regarde et elle pense – dans un sourire qui pleure – que peut-être elle va se mettre à l'aimer pour toute la durée de sa vie.

Avec une sorte de crainte, comme si elle était fragile, et aussi avec une brutalité contenue, il l'emporte et la pose sur le lit. Une fois qu'elle est là, posée, donnée, il la regarde encore et la peur le reprend. Il ferme les yeux, il se tait, il ne veut plus d'elle. Et c'est alors qu'elle le fait, elle. Les yeux fermés, elle le déshabille. Bouton après bouton, manche après manche.

Il ne l'aide pas. Ne bouge pas. Ferme les yeux comme elle.

L'enfant. Elle est seule dans l'image, elle regarde, le nu de son corps à lui aussi inconnu que celui d'un visage, aussi singulier, adorable, que celui de sa main

78

sur son corps pendant le voyage. Elle le regarde encore et encore, et lui il laisse faire, il se laisse être regardé. Elle dit tout bas :

– C'est beau un homme chinois.

Elle embrasse. Elle n'est plus seule dans l'image. Il est là. À côté d'elle. Les yeux fermés elle embrasse. Les mains, elle les prend, les pose contre son visage. Ses mains, du voyage. Elle les prend et elle les pose sur son corps à elle. Et alors il bouge, il la prend dans ses bras et il roule doucement par-dessus le corps maigre et vierge. Et tandis que lentement il le recouvre de son corps à lui, sans encore la toucher, la caméra quitterait le lit, elle irait vers la fenêtre, s'arrêterait là, aux persiennes fermées. Alors le bruit de la rue arriverait assourdi, lointain dans la nuit de la chambre. Et la voix du Chinois deviendrait aussi proche que ses mains.

Il dit :

– Je vais te faire mal.

Elle dit qu'elle sait.

Il dit aussi que quelquefois les femmes crient. Que les Chinoises crient. Mais que ça ne fait mal qu'une seule fois dans la vie, et pour toujours.

Il dit qu'il l'aime, qu'il ne veut pas lui mentir : que cette douleur, jamais ensuite elle ne revient, jamais plus, que c'est vrai, qu'il lui jure.

Il lui dit de fermer les yeux.

Qu'il va le faire : la prendre.

De fermer les yeux. Ma petite fille, il dit.

Elle dit : non, pas les yeux fermés.

Elle dit que tout le reste, oui, mais pas les yeux fermés.

Il dit que si, qu'il le faut. À cause du sang.

Elle ne savait pas pour le sang.

Elle a un geste pour se sauver du lit.

Avec sa main il l'empêche de se relever.

Elle n'essaye plus.

Elle disait se souvenir de la peur. Comme elle se souvenait de la peau, de sa douceur. De celle-ci, à son tour, épouvantée.

Les yeux fermés elle touchait cette douceur, elle touchait la couleur dorée, la voix, le cœur qui avait peur, tout le corps retenu au-dessus du sien, prêt au meurtre de l'ignorance d'elle devenue son enfant. L'enfant de lui, de l'homme de la Chine qui se tait et qui pleure et qui le fait dans un amour effrayant qui lui arrache des larmes.

La douleur arrive dans le corps de l'enfant. Elle est d'abord vive. Puis terrible. Puis contradictoire. Comme rien d'autre. Rien : c'est alors en effet que cette douleur devient intenable qu'elle commence à s'éloigner. Qu'elle change, qu'elle devient bonne à en gémir, à en crier, qu'elle prend tout le corps, la tête, toute la force du corps, de la tête, et celle de la pensée, terrassée.

La souffrance quitte le corps maigre, elle quitte la tête. Le corps reste ouvert sur le dehors. Il a été franchi, il saigne, il ne souffre plus. Ça ne s'appelle plus la douleur, ça s'appelle peut-être mourir.

Et puis cette souffrance quitte le corps, quitte la tête, elle quitte insensiblement toute la surface du corps et se perd dans un bonheur encore inconnu d'aimer sans savoir.

Elle se souvient. Elle est la dernière à se souvenir encore. Elle entend encore le bruit de la mer dans la chambre. D'avoir écrit ça, elle se souvient aussi, comme le bruit de la rue chinoise. Elle se souvient même d'avoir écrit que la mer était présente ce jour-là dans la chambre des amants. Elle avait écrit les mots : la mer et deux autres mots : le mot : simplement, et le mot : incomparable.

Le lit des amants.
Ils dorment peut-être. On ne sait pas.
Le bruit de la ville est revenu. Il est continu, d'une seule coulée. Il est celui de l'immensité.
Le soleil est sur le lit, dessiné par les persiennes.
Il y a aussi des salissures de sang sur le corps et les mains des amants.
L'enfant se réveille. Elle le regarde. Il dort dans le vent frais du ventilateur.

Dans le premier livre elle avait dit que le bruit de la ville était si proche qu'on entendait son frottement contre les persiennes comme si des gens traversaient la chambre. Qu'ils étaient dans ce bruit public, exposés là, *dans ce passage du dehors dans la chambre*. Elle le dirait encore dans le cas d'un film, encore, ou d'un livre, encore, toujours elle le dirait. Et encore elle le dit ici.
On pourrait dire là aussi qu'on reste dans « l'ouvert » de la chambre aux bruits du dehors qui

cognent aux volets, aux murs, au frottement des gens contre le bois des persiennes. Ceux des rires. Des courses et des cris d'enfants. Des appels des marchands de glaces, de pastèque, de thé. Puis soudain ceux de cette musique américaine mêlés aux mugissements affolants des trains du Nouveau-Mexique, à ceux de cette valse désespérée, cette douceur triste et révolue, ce désespoir du bonheur de la chair.

Elle disait qu'elle revoyait encore le visage. Qu'elle se souvenait encore du nom des gens, ceux des postes de brousse, des airs à la mode.

Son nom à lui, elle l'avait oublié. Toi, elle disait.

On le lui avait dit encore une fois. Et de nouveau elle, elle l'avait oublié. Après, elle avait préféré taire encore ce nom dans le livre et le laisser pour toujours oublié.

Elle voyait encore clairement le lieu de détresse, naufragé, les plantes mortes, les murs blanchis à la chaux de la chambre.

Du store de toile sur la fournaise. Du sang sur les draps. Et de la ville toujours invisible, toujours extérieure, elle se souvenait.

Il se réveille sans bouger. Il dort à moitié. À le voir ainsi il a l'air d'un adolescent. Il allume une cigarette.

Silence.

Il vient près d'elle, il ne lui dit rien. Elle montre les

plantes, elle parle bas, tout bas, elle sourit, et lui, il dit
qu'elle ne doit plus y penser, qu'elles sont mortes
depuis longtemps. Qu'il a toujours oublié de les arro-
ser. Et qu'il les oubliera toujours. Il parle bas comme
si la rue pouvait entendre.

— Tu es triste.

Elle sourit et fait un signe léger :

— Peut-être.

— C'est parce qu'on a fait l'amour pendant le jour.
Ça se passera avec la nuit.

Il la regarde. Elle le voit. Elle baisse les yeux.

Elle le regarde aussi. Elle le voit. Elle se recule.
Elle regarde le corps maigre et long, souple, parfait,
de la même sorte de beauté miraculeuse que les
mains. Elle dit :

— Tu es beau comme j'ai jamais vu.

Le Chinois la fixe comme si elle n'avait rien dit. Il
la regarde, il est occupé à ça seulement, la regarder
pour après retenir en lui quelque chose de ça qui est
devant lui, cette enfant blanche. Il dit :

— Tu dois toujours être un peu triste, non...

Silence. Elle sourit. Elle dit :

— Toujours un petit peu triste... ? Oui... peut-
être... je ne sais pas...

— C'est à cause du petit frère...

— Je ne sais pas...

— ... c'est quoi ?

— C'est rien... c'est moi... je suis comme ça...

— C'est ce que dit ta mère ?

— Oui.

— Elle dit comment ?

— Elle dit : il faut la laisser tranquille. Elle est
comme ça et elle le restera.

Il rit. Ils se taisent.

Il la caresse encore. Elle se rendort. Il la regarde. Il regarde celle qui est arrivée chez lui, cette visite tombée des mains de Dieu, cette enfant blanche de l'Asie. Sa sœur de sang. Son enfant. Son amour. Déjà, il le sait.

Il regarde le corps, les mains, le visage, il touche. Il respire les cheveux, les mains encore tachées d'encre, les seins de petite fille.

Elle dort.

Il ferme les yeux et avec une douceur magnifique, chinoise, il met son corps contre celui de l'enfant blanche et tout bas il dit qu'il s'est mis à l'aimer.

Elle n'entend pas.

Il éteint la lumière.

La chambre est éclairée par la lumière de la rue *.

La garçonnière. C'est une autre nuit, un autre jour.

Il est assis sur le fauteuil. À côté de lui la table basse. Il porte la robe de chambre en soie noire comme dans les films, les héros de province. On voit ce qu'il regarde :

Elle, l'enfant.

Elle dort. Elle est tournée vers le mur, détournée

---

* *En cas de cinéma à titre d'exemple.*
On filme la chambre éclairée par la lumière de la rue. Sur ces images-là on retient le son, on le laisse à sa distance habituelle de même que les bruits de la rue : de même que le ragtime et la Valse. On filme les amants endormis, Le Roman Populaire du Livre.
On filme aussi la lumière pauvre, navrante, des lampadaires de la rue.

de lui, nue, mince, maigre, ravissante, à la façon d'une enfant.

Elle se réveille.

Ils se regardent.

Et avec ce regard, la réciprocité muette de ce regard, l'amour retenu jusque-là arrive dans la chambre.

Il dit :

– Tu t'es endormie. J'ai pris une douche.

Il va lui chercher un verre d'eau. Il la regarde jusqu'aux larmes.

Il la regarde tout le temps, il regarde tout d'elle. Elle lui rend le verre, il le pose sur la table. Il se rassied. Il la regarde encore. Elle, peut-être voudrait-elle qu'il parle encore, mais elle ne le dit pas. Elle ne dit rien. Encore une fois il est difficile de savoir à quoi elle peut bien penser. Il dit :

– Tu as faim.

Elle hoche la tête : peut-être a-t-elle faim. Oui, c'est peut-être ça. Elle ne sait pas bien. Elle dit :

– C'est trop tard pour aller dîner dehors.

– Il y a des restaurants de nuit.

Elle dit :

– Comme tu veux.

Ils se regardent, puis ils détournent les yeux.

La scène est extrêmement lente.

Elle descend du lit.

Elle va se doucher.

Il vient. Il le fait pour elle, il la lave à la manière indigène, avec le plat de la main, sans savon, très lentement. Il dit :

– Tu as la peau de la pluie comme les femmes de

85

l'Asie. Tu as aussi la finesse des poignets, et aussi des chevilles comme elles, c'est drôle quand même, comment tu expliques...

Elle dit :

– J'explique pas.

Ils se sourient. Le désir revient. Ils cessent de se sourire. Il la rhabille. Et puis la regarde encore. La regarde. Elle, elle habite déjà le Chinois. L'enfant, elle sait ça. Elle le regarde et, pour la première fois, elle découvre qu'un ailleurs a toujours été là entre elle et lui. Depuis leur premier regard. Un ailleurs protecteur, de pure immensité, lui, inviolable. Une sorte de Chine lointaine, d'enfance, pourquoi pas ? et qui les protégerait de toute connaissance étrangère à elle. Et elle découvre ainsi qu'elle, elle le protège de même que lui, contre des événements comme l'âge adulte, la mort, la tristesse du soir, la solitude de la fortune, la solitude de la misère, celle de l'amour aussi bien que celle du désir.

Elle regarde tout, elle inspecte le lieu, cette chambre, cet homme, cet amant, cette nuit à travers les persiennes. Elle dit qu'il fait nuit. Cette absence, celle du petit frère qui ne sait rien, qui ne saura jamais rien du bonheur commun, elle la regarde longuement à travers les persiennes.

Elle dit qu'il fait nuit, qu'il fait presque froid tout à coup.

Elle le regarde.

Elle est dans une détresse insurmontable, elle dit qu'elle veut voir son petit frère ce soir même parce qu'il ne sait rien de ce qu'elle devient, qu'il est seul.

L'amant est venu près d'elle, il a mis son corps contre le sien. Il dit qu'il sait ce qu'elle a en ce moment, ce désespoir, cette peine. Il dit que c'est comme ça, quelquefois, à une certaine heure de la nuit, ce désarroi, qu'il sait comme on est perdu. Mais que ce n'est rien. Que c'est comme ça pour tout le monde la nuit quand on ne dort pas. Il dit que peut-être ils vont s'aimer, qu'on ne sait pas tout de suite.

Et puis il la laisse pleurer.

Et puis elle dit que peut-être elle a faim.

Elle rit avec lui. Elle dit lentement :

– Il y a longtemps que je t'aimais. Jamais je ne t'oublierai.

Il dit qu'il a déjà entendu ça quelque part – il sourit – il ne sait plus où. Il dit : Peut-être en France.

Et puis elle le regarde. Longtemps. Son corps endormi, ses mains, son visage. Et elle lui dit tout bas qu'il est fou. Comme elle lui dirait qu'elle l'aime.

Il ouvre les yeux. Il dit qu'il a faim lui aussi. Ils s'habillent. Ils sortent. Il a les clés de l'auto, il ne réveille pas le chauffeur.

Ils roulent dans Cholen désert.

Ils passent devant une glace en pied dans l'entrée du restaurant.

Elle se regarde. Elle se voit. Elle voit le chapeau d'homme en feutre bois de rose au large ruban noir, les souliers noirs éculés avec les strass, le rouge à lèvres excessif du bac de la rencontre.

Elle se regarde elle – elle s'est approchée de son image. Elle s'approche encore. Ne se reconnaît pas bien. Elle ne comprend pas ce qui est arrivé. Elle le comprendra des années plus tard : elle a déjà le visage détruit de toute sa vie.

Le Chinois s'arrête. Il enlace l'enfant et il la regarde aussi. Il dit :

– Tu es fatiguée...

– Non... ce n'est pas ça... j'ai vieilli. Regarde-moi.

Il rit. Puis devient sérieux. Puis il prend son visage et il la regarde de très près. Il dit :

– C'est vrai... En une nuit.

Il ferme les yeux. Le bonheur peut-être.

De la profondeur du restaurant arrive le bruit de massacre des cymbales chinoises, inimaginable pour quelqu'un qui ne sait pas. Le Chinois demande qu'on les installe dans une autre salle.

On leur indique une petite salle réservée aux gens inhabitués. Là, on entend beaucoup moins la musique. Les tables ont des nappes. Il y a pas mal de clients européens, des Français, des touristes anglais. Les menus sont en français. Les garçons les crient en chinois pour ceux des cuisines.

Le Chinois commande la peau de canard grillée sauce aux haricots fermentés. L'enfant commande une soupe froide. Elle, elle parle le chinois des restaurants chinois comme une Vietnamienne de Cholen, pas plus mal.

Elle rit brusquement près de la figure du Chinois. Elle caresse son visage. Elle dit :

— C'est drôle le bonheur, ça vient d'un seul coup, comme la colère.

Ils mangent. Elle dévore. Le Chinois dit :

— C'est curieux, tu donnes envie de t'emporter...

— Où ?

— En Chine.

Elle sourit et fait la grimace.

— Les Chinois... J'aime pas beaucoup les Chinois... Tu sais ça... ?

— Je sais.

Elle dit qu'elle voudrait savoir comment son père est devenu tellement riche, de quelle façon. Il dit que son père ne parle jamais d'argent, ni à sa femme ni à son fils. Mais qu'il sait comment ça a commencé. Il raconte à l'enfant :

— Ça a commencé avec les compartiments. Il en a fait construire trois cents. Plusieurs rues de Cholen lui appartiennent.

— Ta garçonnière, c'est ça...

— Oui. Bien sûr.

Elle le regarde. Elle rit. Il rit aussi. Sans doute de bonheur.

— Tu es le seul enfant ?

— Non. Mais je suis le seul héritier de la fortune. Parce que je suis le fils de la première femme de mon père.

Elle ne comprend pas bien. Il lui dit qu'il ne lui expliquera jamais, que ce n'est pas la peine.

— Tu viens d'où en Chine ?

— De la Mandchourie, je t'ai dit déjà.

– C'est au nord, ça ?

– Très au nord. Il y a de la neige là-bas.

– Le désert de Gobi, c'est pas loin de la Mandchourie.

– Je sais pas ça. Peut-être. Ça doit être un autre
mot. On est partis de la Mandchourie quand Sun Yat-
sen a décrété la République chinoise. On a vendu
toutes les terres et tous les bijoux de ma mère. On est
partis au Sud. Je me souviens, j'avais cinq ans. Ma
mère elle pleurait, elle criait, elle s'était couchée sur
la route, elle ne voulait plus avancer, elle disait que
vivre sans ses bijoux elle préférait mourir...

Le Chinois sourit à l'enfant.

– C'est un génie pour le commerce, mon père.
Mais encore une fois, quand et comment il a trouvé
cette idée de compartiments, je ne sais pas. C'est un
génie pour les idées aussi.

L'enfant rit. Il ne demande pas pourquoi elle rit.
Elle dit :

– Ton père, après il a racheté les bijoux de ta
mère ?

– Oui.

– C'était quoi...

– Des jades, des diamants, de l'or. C'est à peu près
toujours pareil les dots des filles riches en Chine. Je
ne sais plus très bien... mais il y avait des émeraudes
aussi.

Elle rit. Il dit :

– Pourquoi tu ris de ça ?

– C'est ton accent quand tu parles de la Chine.

Ils se regardent. Et, pour la première fois, ils se
sourient. Le sourire dure longtemps. Il n'a plus peur.

On se connaît pas, il dit, le Chinois.

Ils se sourient encore. Il dit :

— C'est vrai... je peux pas croire tout à fait que tu es là. Qu'est-ce que je disais ?

— Tu parlais des compartiments...

— Les compartiments, ça rappelle les cases de l'Afrique, les paillotes des villages. C'est beaucoup moins cher qu'une maison. Et ça se loue au prix fixe. C'est sans surprise. C'est ce que préfèrent les populations de l'Indochine, surtout celles qui viennent de la campagne. Les gens, là, ils sont jamais abandonnés, jamais seuls. Ils vivent dans la galerie qui donne sur la rue... Il ne faut pas détruire les habitudes des pauvres. La moitié des habitants dorment dans les galeries ouvertes. Pendant la mousson il y a la fraîcheur, là, c'est merveilleux.

— C'est vrai que ça apparaît comme un rêve d'être dehors pour dormir. Et aussi d'être tous ensemble et en même temps séparés.

Elle le regarde. Elle rit. Tout le temps, ils rient. Il est redevenu complètement chinois. Il est très heureux, d'un bonheur joyeux et grave à la fois, trop fort, fragile. Ils mangent. Ils boivent du choum. Il dit :

— Je suis très content que tu apprécies les compartiments.

En cas de film la caméra est sur l'enfant quand le Chinois raconte l'histoire de la Chine. Il est peut-être un « maniaque » de cette histoire. Il y a dans cet excès une folie qui plaît à l'enfant. Il dit, il demande :

– La Chine est fermée aux étrangers pendant des siècles, tu sais ça ?

Non, elle sait pas, elle dit qu'elle sait très peu sur la Chine. Elle dit que sur le nom des fleuves et des montagnes, elle sait un peu, mais tout le reste, non, rien.

Il ne peut pas éviter de parler de la Chine.

Il raconte que la première ouverture de la frontière, elle est obtenue par les Anglais en 1842. Il demande :

– Tu sais ça ?

Elle ne sait pas. Rien, elle dit, elle sait rien. Lui, il continue :

– Ça a commencé à la fin de la guerre de l'opium. La guerre – entre les Anglais et les Japonais en 1894 – démembre la Chine, chasse les rois mandchous. Et la première république elle est décrétée en 1911. L'empereur abdique en 1912. Et il devient le premier président de la République. Avec sa mort en 1916 commence une période d'anarchie qui finit avec la prise du pouvoir par le Kouo-min-tang et la victoire de l'héritier spirituel de Sun Yat-sen, Tchang Kaï-chek, qui dirige actuellement la Chine. Tchang Kaï-chek lutte contre les communistes chinois ? Ça tu sais ?

Un peu, elle dit. Elle écoute la voix, cette autre langue française parlée par la Chine, elle est émerveillée. Il continue :

– C'est après une autre guerre, je ne sais plus laquelle, à la fin, que les Chinois ont compris qu'ils n'étaient pas seuls sur la terre. À part le Japon ils croyaient être les seuls partout sur la surface de la terre, que partout c'était la Chine. J'oublie de te dire : depuis des siècles tous les rois de la Chine étaient des Mandchous. Jusqu'au dernier. Après ça n'a plus été des rois, ça a été des chefs.

— Tu as appris tout ça où ?

— C'est mon père, il m'a appris. Et aussi à Paris j'ai lu les dictionnaires.

Elle lui sourit. Elle dit :

— J'aime beaucoup le français que tu parles quand tu parles de la Chine...

— J'oublie le français quand je parle de la Chine, je veux aller vite, j'ai peur d'ennuyer. Je peux pas parler de la Mandchourie dans ce pays parce que ici les Chinois de l'Indochine ils viennent tous du Yunan.

L'addition arrive.

L'enfant le regarde payer. Il dit :

— Tu vas être en retard à la pension.

— Je peux rentrer comme je veux.

Étonnement du Chinois, discret. La liberté de l'enfant qui l'inquiète tout à coup. Une souffrance vive, très jeune, est arrivée dans ses yeux quand il a souri à l'enfant.

Elle le regarde en silence. Elle dit :

— Tu es désespéré. Tu ne le sais pas. Tu ne sais pas être désespéré. C'est moi qui le sais pour toi.

— Quel désespoir ?

— Celui de l'argent. Ma famille aussi est désespérée par l'argent. C'est pareil pour ton père et ma mère.

Elle lui demande ce qu'il fait la nuit venue. Il dit qu'il va boire du choum avec le chauffeur au bord des arroyos. Ils bavardent ensemble. Parfois quand ils rentrent le soleil se lève.

De quoi ils parlent ? elle demande. – Il dit : – De la vie. – Il ajoute : – Moi, je dis tout à mon chauffeur.

– Sur toi et moi aussi ?

– Oui même sur la fortune de mon père.

C'est la pension Lyautey la nuit.

La cour est déserte. Vers le réfectoire les jeunes boys jouent aux cartes. Il y en a un qui chante. L'enfant s'arrête, elle écoute les chants. Elle connaît les chants du Vietnam. Elle écoute un moment. Elle les reconnaît tous. Le jeune boy du paso doble traverse la cour, ils se font signe, se sourient : Bonsoir.

Toutes les fenêtres du dortoir sont ouvertes à cause de la chaleur. Les jeunes filles sont enfermées derrière dans les cages blanches des moustiquaires. On les reconnaît à peine. Les veilleuses bleues des couloirs les font très pâles, mourantes.

Hélène Lagonelle demande tout bas comment ça s'est passé, elle dit : « Avec le Chinois. » Elle demande comment il est. L'enfant dit qu'il a vingt-sept ans. Qu'il est maigre. Qu'on dirait qu'il a été un peu malade quand il était petit. Mais rien de grave. Qu'il ne fait rien. Que s'il était pauvre ce serait terrible, il ne pourrait pas gagner sa vie, qu'il mourrait de faim... Mais que lui, ça, il ne sait pas.

Hélène Lagonelle demande s'il est beau. L'enfant hésite. L'enfant dit qu'il l'est. Très, très beau ? demande Hélène. Oui. La douceur de la peau, la couleur dorée, les mains, tout. Elle dit qu'il est beau tout entier.

— Son corps, comment il est beau ?

— Comme celui de Paulo dans quelques années. C'est ce que croit l'enfant.

Hélène dit que peut-être c'est l'opium qui lui enlève la force.

— Peut-être. Il est très riche, heureusement, il ne travaille pas, jamais. C'est aussi la richesse qui lui enlève la force. Il fait rien que l'amour, fumer l'opium, jouer aux cartes. C'est une sorte de voyou millionnaire... tu vois...

L'enfant regarde Hélène Lagonelle. Elle dit :

— C'est drôle, c'est comme ça que je le désire.

Hélène dit que lorsque l'enfant en parle, elle, Hélène, elle le désire aussi, comme elle.

— Quand tu en parles je le désire comme ça aussi.

— Beaucoup tu le désires ?

— Oui. Avec toi, ensemble avec toi.

Elles s'embrassent. Indécentes jusqu'aux pleurs, jusqu'à faire se taire les chansons des jeunes boys qui se sont approchés de l'escalier du dortoir.

Hélène dit :

— C'est lui que je désire. C'est lui. Tu le sais. Tu le voulais.

— Oui. Je le veux toujours.

— Tu as eu mal.

– Très mal.

Silence. Hélène demande :

– À ce point... on peut comparer à rien d'autre, rien ?

– Rien. Ça passe très vite.

Silence.

– Tu es déshonorée maintenant.

– Oui. Pour toujours – elle rit – c'est fait.

– Comme par un Blanc.

– Oui. Pareil.

Silence. Hélène Lagonelle pleure doucement. L'enfant ne le voit pas. Hélène dit en pleurant :

– Tu crois, toi, que moi je supporterais un Chinois.

– Du moment que tu te poses la question, c'est que c'est non.

Alors Hélène dit à l'enfant de ne pas faire attention à ce qu'elle dit, que c'est l'émotion.

Elle demande à l'enfant comment elle a fait. L'enfant lui dit :

– D'après toi, comment ?

– D'après moi, je croyais que c'était parce que tu étais pauvre.

L'enfant dit : Peut-être. Elle rit, émue. Elle dit :

– Je voudrais beaucoup que ça t'arrive. Beaucoup. Surtout avec un Chinois.

Hélène, méfiante, ne répond pas.

Toujours les jeunes boys qui chantent au fond de la cour vers le réfectoire. Elles écoutent les chants en vietnamien. Peut-être les chantonnent-elles tout bas avec eux en vietnamien *.

Le lendemain matin.

Hélène Lagonelle dit que le raffut qu'on entend ce sont les arroseuses municipales. Hélène Lagonelle dit que le parfum que l'on sent, c'est l'odeur des rues lavées qui arrive jusque dans les dortoirs de la pension.

Elle réveille les autres qui hurlent de les laisser tranquilles.

Hélène continue. Elle dit que l'odeur est si fraîche, c'est aussi le Mékong. Que cette pension, à la fin, elle devient comme leur maison natale.

Après sa déclaration, Hélène chante. Elle est comme heureuse Hélène Lagonelle, ces jours-là, comme amoureuse du Chinois à son tour, en en entendant parler par l'enfant de Sadec.

L'enfant marche rue Lyautey. Lentement. La rue est vide. Elle arrive devant le lycée. Elle s'arrête. Regarde la rue vide. Tous les lycéens sont rentrés en classe. Il n'y a plus d'enfants dehors. On entend le bruit d'autres récréations qui se passent dans une cour intérieure.

* En cas de film, ce détail se reproduirait à chaque rentrée de nuit de l'enfant. Pour marquer un quotidien de surcroît dont par ailleurs le film est dépourvu, mis à part les horaires des classes et ceux du sommeil, des douches et des repas.

L'enfant reste dehors, derrière un pilier du couloir.

Elle n'attend pas le Chinois. Il s'agit d'autre chose : elle ne veut rentrer dans le lycée qu'à la fin de la récréation. La sonnerie tout à coup. Elle entre, rejoint lentement l'endroit du couloir où les élèves attendent l'arrivée du maître.

Le maître arrive.
Les élèves entrent.
Le Maître sourit à l'enfant de la directrice de l'École indigène de Sadec.

Le couloir du lycée, vide.
Le sol du couloir est envahi par le soleil jusqu'à un certain niveau du mur.

On reprend le couloir vide au moment de la cloche du soir.
Le soleil a disparu du sol.
L'enfant vue de dos sort du couloir du lycée.
Devant elle, en retrait de la porte du lycée, la limousine chinoise. Seul le chauffeur est là. Quand il voit l'enfant il descend lui ouvrir la portière. Elle comprend. Elle ne lui pose aucune question. Elle sait. Elle est emportée par le chauffeur à son amant. Livrée à lui. Cela lui convient.
Pendant tout le trajet on reste sur elle qui ce soir regarde le dehors sans le voir.

Traversée de la ville. Deux ou trois repères dans l'inventaire : le théâtre Charner, la Cathédrale, l'Éden Cinéma, le restaurant chinois pour les Blancs. Le Continental, le plus bel hôtel du monde. Et ce fleuve, cet enchantement, toujours, et de jour et de nuit, vide ou peuplé de jonques, d'appels, de rires, de chants et d'oiseaux de mer qui remontent jusque-là de la plaine des Joncs.

Le Chinois ouvre la porte avant qu'elle ne frappe. Il a le peignoir noir de la nuit. Ils restent là où ils sont. Il prend son cartable, il le jette sur le sol, il la déshabille, se couche le long d'elle sur le sol. Puis attend. Attend. Encore. Dit tout bas :

– Attends.

Il entre dans la nuit noire du corps de l'enfant. Reste là. Gémit de désir fou, immobile, dit tout bas :

– Encore... attends...

Elle devient objet à lui, à lui seul secrètement prostituée. Sans plus de nom. Livrée comme chose, chose par lui seul, volée. Par lui seul prise, utilisée, pénétrée. Chose tout à coup inconnue, une enfant sans autre identité que celle de lui appartenir à lui, d'être à lui seul son bien, sans mot pour nommer ça, fondue à lui, diluée dans une généralité pareillement naissante, celle depuis le commencement des temps nommée à tort par un autre mot, celui d'indignité.

On les revoit *après*, couchés par terre au même endroit. Devenus les amants du livre.

Le lit est vide. Les amants sont toujours couchés. Au-dessus d'eux le ventilateur qui tourne. Il a les yeux fermés. Il cherche la main de l'enfant. Il la trouve, la garde dans sa main à lui. Il dit :
— Hier soir je suis allé dans un bordel pour faire l'amour encore une fois... avec toi... je ne peux pas... je suis parti.
Silence. Elle demande :
— Si la police nous trouvait... – elle rit – je suis très mineure...
— Je serais arrêté deux ou trois nuits peut-être... je ne sais pas bien. Mon père paierait, ce ne serait pas grave.

La rue de Cholen. Les lampadaires s'allument dans la lumière du crépuscule. Le ciel est déjà du bleu du soir, on peut le regarder sans se brûler les yeux.
Au bord de la terre, le soleil est au bord de mourir. Il meurt.

Dans la garçonnière.

La nuit est venue. Le ciel est de plus en plus bleu, éclatant. L'enfant est loin du Chinois, vers la fontaine, allongée dans l'eau fraîche du bassin. Elle raconte l'histoire de sa vie. Le Chinois écoute de loin, distrait. Il est déjà ailleurs, il est entré dans la douleur d'aimer cette enfant. Il ne sait pas bien ce qu'elle raconte. Elle est tout entière dans cette histoire qu'elle raconte. Elle lui dit qu'elle raconte souvent cette histoire, et que ça lui est égal qu'on ne l'écoute pas. Elle dit : Même lui, qu'il n'écoute pas, ça fait rien.

— Ça fait rien que tu n'écoutes pas. Tu peux même dormir. Raconter cette histoire c'est pour moi plus tard l'écrire. Je ne peux pas m'empêcher. Une fois j'écrirai ça : la vie de ma mère *. Comment elle a été assassinée. Comment elle a mis des années à croire que c'était possible qu'on puisse voler toutes les économies de quelqu'un et ensuite de ne plus jamais la recevoir, la mettre à la porte, dire qu'elle est folle, qu'on ne la connaît pas, rire d'elle, faire croire qu'elle est égarée en Indochine. Et que les gens le croient et qu'à leur tour ils aient honte de la fréquenter, je le dirai aussi. On n'a plus vu de Blancs pendant des années. Les Blancs, ils avaient honte de nous. Elle n'a plus eu que quelques amis, ma mère. D'un seul coup, ça a été le désert.

Silence.

* Le pari a été tenu : *Un barrage contre le Pacifique*.

101

Le Chinois :

– C'est ça, qui te donne envie d'écrire ce livre...

L'enfant :

– C'est pas ça tout à fait. C'est pas l'échec de ma mère. C'est l'idée que ces gens du cadastre ne seront pas tous morts, qu'il en restera encore en vie qui liront ce livre-là et qu'ils mourront de le lire. Ma mère, elle disait : « Je le vois encore ce jour-là, le premier jour, je croyais que c'était le plus beau jour de ma vie. J'ai apporté la totalité de mes économies dans un petit sac, je me souviens, je l'ai donné aux agents du cadastre. Et je leur ai dit merci. Merci de m'avoir vendu ce lotissement merveilleux entre la montagne et la mer. »

Après, quand l'eau est montée pour la première fois, ils ont dit qu'ils ne l'avaient jamais vue au cadastre de Kampot, jamais, qu'elle n'avait jamais fait de demande de concession, jamais. Arrivée à ce point-là de son histoire la mère pleurait et elle disait qu'elle savait qu'elle en pleurerait jusqu'à sa mort et elle s'en excusait toujours auprès de ses enfants mais qu'elle ne pouvait rien contre la crapulerie de cette engeance blanche de la colonie. Elle disait : « Et puis encore après ils ont écrit au gouverneur du Cambodge que j'étais devenue folle, qu'il fallait me renvoyer en France. » Alors, au lieu de mourir, après, elle a recommencé à espérer. Pendant trois ans elle a encore espéré. Ça, nous ses enfants, on ne pouvait pas le comprendre. Et à

102

notre tour on a cru à la folie de notre mère, mais sans lui dire jamais. Elle a recommencé à acheter des rondins de palétuviers pour consolider les barrages. Elle a emprunté de l'argent. Elle a encore acheté des pierres pour consolider les talus le long des semis.

À cet endroit-là du récit l'enfant avait toujours pleuré.

Et puis la mer est montée.

Et puis elle a abandonné.

Ça a duré quatre ans peut-être, on ne sait plus très bien. Et puis c'est arrivé : ça a été fini. Elle a abandonné. Elle a dit : c'est fini. Elle a dit qu'elle abandonnait. Et puis elle l'a fait. Elle est partie.

Les rizières ont été envahies par les marées, les barrages ont été emportés.

La rizière du haut, elle l'a donnée aux domestiques, avec le bungalow et les meubles.

L'enfant sourit. Elle s'excuse. S'empêche de pleurer mais en vain. Elle pleure.

– Je ne peux pas encore m'habituer à cette vie de ma mère. Je ne pourrai jamais.

Le Chinois s'est mis à écouter tout ce que l'enfant raconte de l'histoire. Il la laisse seule, loin. Elle, il l'a oubliée.

Il a écouté l'histoire de la mère.

Silence. L'enfant dit encore :

– On y va encore une ou deux fois par an, aux vacances, tous les quatre. Thanh, ma mère, Paulo et moi. On roule toute la nuit. On arrive au matin. On croit qu'on va pouvoir rester, on ne peut pas, on repart le soir même. Maintenant elle est calme ma mère. C'est fini. Elle est comme avant. Sauf qu'elle ne veut plus rien. Elle dit que ses enfants, ils sont héroïques d'avoir supporté ces choses-là. Sa folie, elle. Elle dit qu'elle n'attend plus rien. Que la mort.

L'enfant se tait. Elle s'empêche de pleurer. Elle pleure quand même *.

Elle disait que c'est partout pareil dans le monde entier.

Que c'était comme ça la vie.

Le Chinois dit :

– Et toi tu le crois aussi.

– Non. Je crois seulement pour ma mère. Je le crois complètement pour les pauvres mais pas pour tout le monde.

– Pour Thanh, tu le crois.

– Non. Pour Thanh, je crois le contraire.

– Qu'est-ce que c'est le contraire ?

– Je ne sais pas encore. Il n'y a que Thanh qui le saura. Il ne sait pas encore qu'il le sait, il sait pas encore le dire, mais un jour il saura le dire et le penser.

De ça l'enfant est sûre.

---

* Toute sa vie, même vieille, elle avait pleuré sur la terrible injustice dont leur mère avait été victime. Pas un sou ne lui a jamais été rendu. Pas un blâme, jamais, n'a été prononcé contre les escrocs du Cadastre français.

Le Chinois lui demande si elle est allée voir les rizières après la tempête définitive.

Elle dit, oui, qu'ils y sont allés, Paulo, Thanh et elle. On ne reconnaissait plus rien tellement il y avait de l'écume. L'endroit c'était devenu un gouffre d'écume. Il y en avait des grappes jusque dans les palétuviers du bord de mer et sur la montagne aussi, dans la forêt, jusque sur les arbres géants il y en avait aussi.

Silence. Puis l'enfant dit :

– Je ne suis pas allée au lycée aujourd'hui. Je préfère rester avec toi. Hier non plus je n'y suis pas allée. Je préfère rester avec toi pour parler ensemble.

Le Chinois est debout.

Il s'assoit dans un fauteuil.

Il ne la regarde plus.

Tout à coup la musique américaine arrive de la galerie des compartiments : le ragtime de Duke Ellington. Après quoi il y a cette valse désespérée venue d'ailleurs, jouée loin au piano – cette valse sera celle de la fin du film. Ainsi, encore lointain, le retour en France entre déjà dans la chambre des amants, dans le livre aussi bien.

L'enfant et le Chinois écoutent la valse. L'enfant dit :

– Il joue toujours à la même heure... quand il revient du travail sans doute...

– Sans doute. Il y a quelques semaines qu'il est arrivé dans le compartiment. Un métis je crois.

– C'est toujours le même air comme dans un film quand la musique revient... et qu'elle devient triste.

Le Chinois demande d'où vient Thanh.

Elle dit que la mère l'a trouvé en haut de la montagne à la frontière entre le Siam et le Cambodge un soir en revenant des poivrières avec ses enfants.

Ils se regardent. Ils écoutent. Elle s'assied près de lui. Le Chinois dit :

– Je vais acheter les disques pour quand tu seras partie en France.

– Oui.

Le Chinois se cache le visage et dit tout bas :

– Pour quand tu seras morte... c'est pareil.

– Oui.

Ils se taisent.

Elle va se mettre contre lui.

Elle ne demande rien.

Elle dit :

– C'est vrai qu'on va se quitter pour toujours. On l'oubliait tu crois ?

– Non. Un jour tu vas rentrer en France. – Je ne peux pas supporter. Un jour je vais me marier. Je ne peux pas et je sais que je le ferai.

L'enfant se tait. Elle est comme honteuse pour lui.

Le Chinois dit :

– Viens. Regarde-moi.

Il prend son visage dans sa main et la force à le regarder.

– Vous rentrerez quand en France ? Dis la date tout de suite.

– Avant la fin de l'année scolaire. Après les examens mais ce n'est pas encore sûr. Ma mère, elle a beaucoup de mal à partir de la colonie. À chaque congé elle croit qu'elle va partir et puis elle reste. Elle

106

dit qu'elle est devenue une indigène à la longue, comme nous, Paulo et moi. Qu'il y a beaucoup de coloniaux comme elle.

— Et cette année elle partira... Tu le sais.

— Cette année, comme elle a demandé le rapatriement de son fils aîné elle prendra un congé pour le voir. Elle peut pas vivre sans lui, elle ne peut pas du tout...

Silence. Le Chinois dit :

— Je resterai toute ma vie à cet endroit : Sadec. Même si je fais des voyages, je reviendrai toujours ici. Parce que la fortune elle est ici. C'est impossible de partir pour moi. Sauf s'il y a la guerre.

L'enfant le regarde. Elle ne comprend pas. Il dit :

— Je suis fiancé depuis des années avec une jeune fille de la Mandchourie.

L'enfant sourit. Elle dit qu'elle le sait.

— Je savais. Thanh me l'a dit. Tout le monde sait, partout, c'est les petites servantes qui racontent les histoires de famille.

Silence. Et l'enfant dit :

— Je pourrais écouter cent fois tes histoires de la Chine...

Elle prend ses mains et les met contre son visage à elle, elle les embrasse. Lui demande de lui raconter.

Le Chinois raconte, les yeux sur elle seule, la petite Blanche, une histoire de la Chine impériale.

— Nous avons été désignés par les familles, elle comme moi, dès l'enfance. J'avais dix-sept années, elle avait sept années. C'est comme ça en Chine, pour mettre le patrimoine des familles à l'abri des revers de la fortune, les deux familles doivent avoir la

107

même richesse... C'est tellement dans les mœurs de la Chine, on ne peut plus faire autrement.

Il la regarde :

– Je t'ennuie.

– Non.

– On a des enfants tout de suite. Des responsabilités. Des maîtresses. Très vite on ne peut plus rien changer à son existence. Les Chinois, même pas très riches, ils ont des maîtresses. Les femmes le savent. Elles sont tranquilles de cette façon : quand ils ont des femmes au-dehors ils reviennent toujours à la maison.

– Il n'y a pas qu'en Chine...

– Si, il n'y a qu'en Chine que c'est aussi établi.

– Tu vas te marier avec cette fiancée-là.

– Oui – dit dans un sanglot. – Pas avec toi. Jamais avec toi. Jamais. Même dans l'autre vie.

Elle pleure dans ses mains. De le voir pleurer, elle pleure.

– Si on ne s'était pas connus comme ça, si j'avais été une Chinoise riche, ça se serait passé comme ça. Alors c'est pareil peut-être...

Il la regarde. Il ne répond pas. Il dit :

– Peut-être c'est pareil, je ne peux pas encore savoir. Viens près de moi.

Elle vient près de lui sur le lit, elle s'allonge. Elle touche son front. Elle dit :

– Tu es chaud.

Il la regarde de toutes ses forces. Il dit :

– Je suis très ému de te raconter ces choses-là... c'est pour ça.

Avec ses mains, il dénude le visage de l'enfant pour le voir dans son entier. Elle dit :

108

– J'aurais aimé qu'on se marie. Qu'on soit des amants mariés.

– Pour se faire souffrir.

Elle ne sourit plus.

Elle pleure. Et en même temps elle dit ce qu'aurait été le bonheur :

– Oui, pour ça, pour se faire souffrir le plus possible. Et revenir après.

Silence. Elle dit :

– Par ces petites servantes de Sadec, ta femme saura vite notre histoire. Et elle souffrira. Peut-être qu'elle sait déjà. C'est par cette souffrance-là que je vous fais que vous allez aussi être mariés.

– Oui.

Il dit :

– Les familles attendent le premier enfant, l'héritier... dès le premier soir... De ça j'ai beaucoup peur... de ne pas pouvoir.

Elle ne répond pas. Elle dit :

– Après vous ferez un voyage autour du monde.

– Oui. C'est vrai. À ce moment-là tu seras encore sur le bateau de France.

Silence. Elle demande :

– Où sur le bateau... ?

– Dans l'océan Indien. Au large de Colombo.

– Pourquoi là... ?

– J'ai dit au hasard.

Silence. Et le Chinois dit :

– On va aller à Long-Hai. J'ai loué une chambre au Bungalow de France.

– Quand ?

– Quand tu veux. Ce soir. Cette nuit.

– Et le lycée ?

Le Chinois la vouvoie tout à coup :

– Ce n'est pas grave. Vous n'allez jamais au lycée tous les jours, même avant. Vous allez au jardin zoologique, et souvent. J'ai pris des renseignements.

L'enfant recule un peu. Elle a peur. Elle demande, elle crie tout bas :

– Mais pourquoi aller là, à Long-Hai ?

Le Chinois la regarde très fort et ses yeux se ferment sous le coup de l'atroce pensée de perdre l'enfant. Il dit :

– J'ai commencé à souffrir de la séparation avec toi. Je deviens fou... Je ne peux pas te séparer, c'est impossible, et je vais le faire, je le sais.

Il ne la regarde plus. Les yeux fermés il caresse ses cheveux. Elle recule, encore, elle se lève, va du côté de l'autre porte. Il demande :

– Pourquoi tu n'aimes pas Long-Hai ?

– On y allait avec ma famille et une fois j'ai eu peur... terrible... les tigres, ils viennent se baigner la nuit à Long-Hai et une fois, le matin, avec mon petit frère, on a vu les traces toutes fraîches d'un tigre, un petit tigre mais quand même... on s'est sauvés... quelle peur. Et puis la plage est complètement déserte, il n'y a rien, pas de village, pas de... rien, personne... il n'y a que des fous, des mendiants, ils vont mendier dans les bonzeries...

L'enfant ferme les yeux. Elle est pâle. Le Chinois arrive près d'elle.

– Qu'est-ce que tu as peur le plus ? Les tigres ou les gens ?

Elle dit, elle crie :

110

– Des gens. De toi. De toi, le Chinois.

Silence long de lui qu'elle ne reconnaît plus tout à coup. Il demande :

– Ils viennent d'où ces gens.

– De l'Annam. Des îles de la baie d'Along. Des côtes. Beaucoup de ce pénitencier, tu sais... Paulo Condore. Il y a aussi des détraqués, des fous qui passent. Des femmes aussi, chassées des villages. Dans les bonzeries on leur donne du riz chaud et du thé, quelquefois ces gens ils tuent un chien errant et ils le font cuire sur la plage et ça sent très mauvais sur cent kilomètres de plage.

– C'est la route des invasions chinoises aussi, ces endroits-là.

– Peut-être. Ça je ne suis pas au courant. Je croyais que c'était par les montagnes du Yunnan qu'ils passaient les Chinois.

Elle dit que de tous les gens, ce sont ces femmes qui font le plus peur. Parce qu'elles rient en même temps qu'elles pleurent.

– Elles viennent d'où ?

Ça, l'enfant ne sait pas bien. Là, elle invente. Tout. Elle dit que celles-là elles viennent de l'Inde par la mer... Elles se cachent dans les jonques... Qu'elles n'ont plus aucune raison, toutes folles à force d'avoir eu peur, à force de leurs enfants morts de faim, du soleil, de la forêt, des nuages de moustiques, des chiens enragés, et puis des tigres. Le Chinois dit qu'il y en a une de ces mendiantes entre Vinh-Long et Sadec, la nuit, qui crie en riant, qui fait des discours, qui chante. Qui fait peur.

L'enfant dit qu'elle connaît cette mendiante-là

111

comme tout le monde entre Sadec et Vinh-Long, qu'elle vient du Laos, que ce qu'elle chante c'est des berceuses du Laos.

Il rit, il dit :

– Tu inventes... Comment tu sais ça ?

L'enfant a peur. Ment-elle ? Elle ne sait plus comment elle sait ça, si elle ment ou non elle ne sait pas. Elle dit :

– Je crois par Anne-Marie Stretter. Elle connaît le laotien, elle vient du Laos, elle a reconnu les mots laotiens des chansons. Elle en a parlé à ma mère une fois... au Cercle... voilà.

L'enfant chante tout le premier couplet que la mendiante du Gange chante dans la rue du Poste, la nuit. Elle dit :

– Tu vois... je la connais cette berceuse-là...

Il dit que ça ne prouve rien. Il rit. Il demande :

– Qui te raconte tout ça sur Long-Hai ?

– Ma mère et Dô et Thanh aussi. Depuis... depuis toujours.

– Pourquoi ils te racontent ça.

– Pour m'intéresser, pourquoi veux-tu...

– Ta mère ne va pas au Cercle parce qu'elle a honte à cause de ton frère aîné. Et Madame Stretter, vous ne la connaissez pas, ni ta mère ni toi... Tu racontes n'importe quoi...

L'enfant crie tout à coup :

– Tout le monde peut la voir Madame Anne-Marie Stretter. Tous les soirs elle est sur ses terrasses avec ses filles... Qu'est-ce que tu crois qu'elle est Madame Stretter ?... D'abord tout le monde connaît son histoire au Laos, à Vientiane avec ce jeune homme, c'était dans les journaux...

Le Chinois l'écoute. Il l'adore. L'enfant continue l'histoire :

— Et puis moi, un jour je l'ai vue à une leçon de latin chez le curé de Vinh-Long. Il apprenait le latin aux enfants français et elle, elle est arrivée avec ses filles. Elle a demandé au curé qui j'étais. Il a dit : La fille de la directrice de l'École des filles. Elle m'a souri. Elle a dit au curé que j'avais un drôle de regard. Je l'ai entendue. Je l'ai répété à ma mère. Le lendemain ma mère m'a emmenée à la consultation du docteur Sambuc pour savoir si plus tard je loucherais ou non. Elle a été rassurée, je louchais rien du tout...

— Et le latin, tu l'as appris ?

— Un peu comme ça. Et puis j'ai plaqué.

Silence.

— On ne t'a jamais demandée en mariage ? C'est la mode à Saigon...

— Si. D'abord ma mère elle dit oui tout de suite, après je pleure, alors elle dit non et ça fait des histoires... Le dernier c'était un monsieur des Messageries maritimes, il avait au moins trente-cinq, trente-huit ans... Il gagnait beaucoup d'argent. Ma mère, elle a failli céder mais moi j'ai dit non, qu'il était trop gros... trop rouge... tu vois...

Silence. Puis le Chinois demande :

— Tu as eu peur tout à l'heure.

— Oui. Toi aussi.

— Oui.

— Tu m'aurais tuée comment à Long-Hai ?

— Comme un Chinois. Avec la cruauté en plus de la mort.

Il vient la chercher près de la porte. Elle est comme épuisée. Il la porte sur le lit. Elle ferme les yeux pour dormir, elle ne dort pas. Il la prend dans ses bras. Il lui parle en chinois. Ça la fait rire, toujours.

– Chante-moi aussi en chinois.

Il chante en chinois. Puis il pleure. Elle pleure avec lui sans savoir pourquoi.

Ils ne se regardent pas. Puis elle le supplie. Alors il se met en elle dans une douceur qu'elle ne connaît pas encore. Puis il reste là, immobile. Le désir les fait gémir. Elle ferme les yeux. Elle dit :

– Prends-moi.

Tout bas le Chinois lui demande :

– Tu me diras quand tu sauras la date de votre départ.

– Non.

Elle le lui demande encore. Il la prend.

Elle se retourne, se blottit contre lui. Il l'enlace. Il dit qu'elle est son enfant, sa sœur, son amour. Ils ne se sourient pas. Il a éteint la lumière.

– Comment tu m'aurais tuée à Long-Hai ? Dis-le-moi encore.

– Comme un Chinois. Avec la cruauté en plus de la mort.

Elle récite la fin de la phrase comme elle ferait d'un poème.

Le lycée – les couloirs sont pleins d'élèves. L'enfant attend contre un pilier du couloir. Elle est tournée vers le dehors, isolée.

Le censeur passe, lui touche l'épaule. Il dit :

– J'ai à vous parler.

Elle suit le censeur dans son bureau.

– Voilà. Bien sûr les mères d'élèves ont interdit à leurs filles toute fréquentation avec vous. Vous le savez...

L'enfant sourit. Elle le sait.

– Mais il y a plus grave. Les mères d'élèves ont prévenu la directrice de Lyautey que vous ne rentriez pas tous les soirs à la pension – légère colère du censeur – comment l'ont-elles su... mystère... Vous êtes cernée par le réseau policier des mères d'élèves – il sourit – de Saigon. Elles veulent que leurs filles restent entre elles. Elles disent – tenez-vous bien – « Pourquoi court-elle après le baccalauréat cette petite grue ? Le Primaire c'est fait pour ces gens-là »...

Silence. Elle demande :

– C'est à cause de ma mère que vous me prévenez.

– Oui. Vous savez l'estime que j'ai pour elle. (Temps.) Qu'est-ce qu'on peut faire d'après vous.

– On peut continuer vous et moi. Vous à me prévenir et moi à ne pas rentrer à Lyautey... Je ne sais pas... Et vous ?

Silence.

– Moi, je ne sais pas.

Le censeur dit :

— La directrice de Lyautey a prévenu votre mère...

— Oui. Ma mère s'en fiche complètement de notre réputation... ma famille n'est pas comme les autres familles.

— Qu'est-ce qu'elle veut pour ses enfants, votre mère ?

— Que ses enfants soient casés. Pour lui permettre de mourir. Elle, elle ne sait pas que c'est ça qu'elle veut.

Le censeur continue à jouer son rôle :

— Vous avez manqué le lycée aussi, mais là je m'en charge.

— Je le savais.

Le censeur la regarde avec amitié.

— Nous, nous sommes amis...

L'enfant sourit. Elle est moins sûre que lui de la chose.

— C'est vrai ?

Le censeur confirme :

— C'est vrai.

Elle sourit.

Silence.

— C'est votre dernière année en Indochine...

— Oui... mes dernières semaines peut-être... Même si le proviseur demandait mon renvoi, ça n'aurait plus d'importance. Mais je sais qu'il ne le fera pas.

— Il ne le fera jamais.

Le censeur sourit à l'enfant.

— Je vous remercie de nous faire confiance. « Le Corps enseignant aura sauvé l'Indochine de l'imbé-

116

cillité blanche. » C'est ce que m'a dit votre mère un jour. Je ne l'ai jamais oublié.

La jeune fille est comme distraite, indifférente à l'affront tout au long de l'entretien. Elle dit :

– Je crois que maintenant, à ma mère, tout ça serait égal. Elle a fait rapatrier son fils aîné. Plus rien d'autre ne compte maintenant pour elle.

Le censeur ne savait pas.

– Ah, elle a fini par le faire...

– Oui.

– C'est dommage... un si charmant garçon... Pierre. Je l'ai connu enfant, vous savez...

Elle le savait, oui. Des pleurs noient les yeux de l'enfant. Il le voit :

– Il a été terrible avec vous et votre petit frère...

La sonnerie de la rentrée des classes. Le censeur et la jeune fille sortent ensemble du bureau. Elle demande :

– Vous avez connu ma mère au Tonkin...

Il est étonné – elle n'a jamais parlé de sa famille.

– Oui. Vous n'étiez pas née.

– Comment elle était. Je ne sais pas du tout.

Il est étonné, répond avec grâce :

– Des yeux verts. Et des cheveux noirs. Belle. Très gaie, rieuse, très attachante. Parfaite.

– Trop peut-être...

– Peut-être...

– Et mon père... ?

– Il était fou d'elle. Autrement, c'était un... remarquable professeur.

L'enfant connaît la vie de la mère. Elle lui en a parlé souvent. Elle dit :

117

– Je crois qu'elle a été heureuse quand même avec lui.

– Elle l'a été sans aucun doute. Elle passait pour une femme comblée par la vie. Mais on ne peut jamais savoir – il se tourne vers l'enfant, il répète : jamais.

– C'est vrai. Je voulais vous dire... dans la vie, continuez à faire ce que vous désirez faire, sans conseil aucun.

Elle sourit. Elle dit :

– Même de vous ?...

Il sourit avec elle. Il dit :

– Même de moi.

La garçonnière.

Le Chinois dit :

– Je vais à Sadec cette nuit, je suis obligé, je reviens dans deux jours. Le chauffeur va t'apporter le repas. On te reconduira à la pension avant de partir.

Ils se douchent. Elle lui parle de la quarantaine dont elle est l'objet au lycée. Elle rit :

– On ne me parle plus au lycée à cause de toi.

– C'est une idée que tu te fais.

– Non. Il y a eu des plaintes des mères d'élèves.

Il rit avec elle. Il demande de quoi elle a peur cette société.

Elle dit :

– De la syphilis. De la peste. De la gale. Du cho-
léra. Des Chinois.

– Pourquoi les Chinois?

– Ils ne sont pas colonisés les Chinois, ils sont ici
comme ils seraient en Amérique, ils voyagent. On
peut pas les attraper pour les coloniser, on le regrette
d'ailleurs.

Le Chinois rit. Elle rit avec lui, elle le regarde,
éblouie par l'évidence :

– C'est vrai. C'est rien. Rien.

Silence.

– Ce soir je rentre au pensionnat... Ils ont prévenu
ma mère aussi...

Le chauffeur apporte le plateau. Il le pose sur la
table. Grillades et soupes. Ils mangent. Et ils parlent.
Ils se parlent. Ils se regardent.

Le Chinois sourit :

– On est fatigués. C'est agréable.

– Oui. On avait faim aussi, on le savait pas.

– C'est agréable aussi de parler.

– Oui. Tu parles quelquefois avec des gens?

Il a un sourire d'enfant. Elle le regarde. Elle se dit
que jamais elle ne l'oubliera. Il dit :

– J'ai beaucoup parlé avec ma mère.

– De quoi?

– De la vie.

Ils rient.

Elle le regarde. Elle demande :

– Tu lui ressembles?...

– On a dit ça, moi je ne sais pas. Elle a fait l'Université en Amérique, ma mère, je ne te l'ai pas dit...
Le Droit elle a étudié. Pour être avocate.

119

– Ton père, il n'a pas voulu...

– C'est ça... Elle aussi elle ne voulait plus, elle voulait être avec lui toute la journée. Ils ont fait le tour du monde après leur mariage.

Silence.

L'enfant est songeuse. Elle dit :

– Peut-être que je lui aurais plu à ta mère.

Le Chinois sourit.

– Peut-être. Elle était jalouse, mais peut-être...

– Tu penses à elle quelquefois.

– Je crois tous les jours.

– Elle est morte quand.

– Il y a dix ans, j'avais dix-sept ans, de la peste, en deux jours, ici, à Sadec.

Il rit et il pleure à la fois. Il dit :

– Tu vois... je ne suis pas mort de douleur.

Elle pleure avec lui. Il dit qu'elle était drôle aussi, sa mère, très gaie.

Dans la cour de Lyautey Hélène Lagonelle attend son amie. Elle est toujours allongée sur le même banc face au portail dans la partie sombre de la cour.

– Où étais-tu...

– Avec lui.

Silence. Hélène Lagonelle était inquiète. Toujours cette peur d'être abandonnée. Elle est encore effrayée. Elle défait les nattes de l'enfant. Elle sent ses cheveux. Elle dit :

– Tu n'es pas allée au lycée non plus.

– On est restés dans la garçonnière.

Silence. Hélène Lagonelle dit avec délice :

– Un jour ça va être une catastrophe... tu seras renvoyée du lycée, de la pension... de partout.

L'enfant dit qu'elle est heureuse à l'idée qu'un jour cela soit possible.

– Et moi alors ?...

– Toi... jamais – dit l'enfant – jamais je ne t'oublierai...

Hélène Lagonelle dit qu'ils ont téléphoné. Qu'il fallait s'y attendre :

– Ils m'ont dit de te dire qu'il faut que tu ailles voir la surveillante de permanence. Que c'est urgent. C'est une métisse chinoise. Elle est gentille, aussi jeune que nous.

L'enfant était allée voir la jeune surveillante.

La surveillante est souriante, jeune. L'enfant dit :

– Vous voulez me voir.

– Oui... vous savez pourquoi je viens... par Hélène... Nous avons été obligés de prévenir votre mère... Parce que le Lycée avait téléphoné... le censeur...

L'enfant n'est pas étonnée. Elle rit. Elle dit qu'elle n'y avait pas pensé. Elle dit :

– Ce n'était pas la peine de la prévenir, ma mère, elle sait tout et ça lui est égal. Elle a dû oublier... Elle fait semblant de croire à la discipline mais c'est faux... Elle se fiche de tout ma mère... Je la vois

comme une sorte de reine, vous voyez... une reine...
sans patrie... de... comment dire ça... de la pauvreté...
de la folie, voyez...

La jeune surveillante voit que l'enfant pleure sans
le savoir. Elle dit :

– Je connais l'histoire de votre mère. C'est vous
qui avez raison. C'est une grande institutrice aussi...
Elle est adorée en Indochine parce qu'elle a une passion pour son métier... Elle a élevé des milliers
d'enfants...

– Qu'est-ce qu'on dit sur elle ?

– On dit qu'elle n'a jamais abandonné un enfant
avant qu'il sache lire et écrire. Jamais. Qu'elle faisait
des cours tard le soir pour les enfants dont elle savait
qu'ils seraient des ouvriers plus tard, des « manuels »,
elle disait : des exploités. Elle ne les lâchait que
lorsqu'elle était sûre qu'ils étaient capables de lire un
contrat de travail.

L'enfant dit que lorsque ces élèves-là habitaient
trop loin pour rentrer chez eux le soir, elle les faisait
dormir chez elle sur des nattes dans le salon, sous le
préau. L'enfant dit que c'était merveilleux ces élèves
partout dans la maison...

La jeune surveillante regarde longuement
l'enfant. Elle dit sans gêne aucune :

– C'est vous qui avez un amant chinois...

– ... C'est moi, oui.

Elles se sourient. La jeune surveillante dit :

– Ça se sait dans toutes les écoles, les collèges.
C'est la première fois que ça arrive.

– Comment ça s'explique ?...

– Je crois que ça vient des Chinois – les vieux

122

Chinois qui ne voulaient pas des Blanches pour leurs fils, même comme maîtresses.

– Et pour vous comment ça s'est produit?

– C'était mon père qui était blanc... un agent des douanes... Et le vôtre?

– Enseignant. Professeur de maths.

Elles rient toutes les deux comme des élèves.

La surveillante dit :

– Il faut que votre mère vienne voir la directrice. Sans ça j'aurais des ennuis. Je suis obligée de vous le demander...

L'enfant le promet.

C'est très tôt le matin. La mère avait dû voyager de nuit avec Thanh.

La mère traverse la cour vide. Elle se dirige vers le bureau où la veille était la jeune surveillante. Elle a ses vieux bas de coton gris, ses vieux souliers noirs, ses vieux cheveux tirés sous le casque colonial, cet énorme et vieux sac à main que ses enfants lui ont toujours connu. Toujours ce deuil du père qu'elle traîne depuis treize ans – le crêpe noir sur le casque blanc.

Une vieille dame, française elle aussi, reçoit la mère. C'est la directrice de Lyautey. Elles se connaissent. Toutes les deux étaient arrivées en

123

Indochine au début de la scolarisation des enfants indigènes, en 1905, avec les premiers contingents des enseignants qui venaient de la métropole. La mère parle de sa fille :

– C'est une enfant qui a toujours été libre, sans ça elle se sauve de partout. Moi-même, sa mère, je ne peux rien contre ça... Si je veux la garder, je dois la laisser libre.

Elles se tutoient tout à coup, elles se reconnaissent. Elles viennent du Nord, du Pas-de-Calais. La mère parle de sa vie.

– Tu ne le sais peut-être pas mais ma petite travaille bien au lycée tout en étant aussi libre. Ce qui est arrivé à mon fils aîné est si terrible, si grave, tu le sais sans doute, tout se sait ici... les études de la petite c'est le seul espoir qui me reste.

La directrice avait entendu parler de l'enfant aux réunions des professeurs du lycée Chasseloup-Laubat.

La mère avait raconté la mort du père, les ravages de la dysenterie amibienne, le désastre des familles sans père, ses torts à elle, son désarroi profond, sa solitude.

La directrice avait pleuré avec la mère. Elle avait laissé l'enfant habiter le pensionnat comme elle aurait fait d'un hôtel.

La mère est sortie de chez la directrice. Elle avait retraversé la cour. L'enfant l'avait vue. Elle l'avait regardée, elle n'était pas allée vers elle, honteuse de sa mère, elle était remontée au dortoir, elle s'était cachée et elle avait pleuré sur cette mère pas sortable dont elle avait honte. Son amour.

C'est un couloir du lycée. Il pleut. Toutes les élèves sont sous le préau dans la deuxième cour. L'enfant est seule sous le porche du couloir qui sépare les deux cours. Elle est boycottée. Elle se veut telle, être à cette place-là. Elle regarde la pluie sur la grande cour vide.

On entend le bruit de la récréation des autres au loin, à l'autre bout du couloir séparé d'elle pour toute la vie, elle le pressent. Déjà elle sait l'enfant qu'ils resteront séparés les uns des autres durant toute leur vie, comme ils le sont déjà dans le présent. Elle ne cherche pas pourquoi. Elle sait seulement que c'est ainsi.

Ce jour-là l'auto du Chinois est devant le lycée. Le chauffeur est seul. Il descend et il parle à l'enfant en français :

– Le jeune maître il est reparti encore à Sadec. Son père, il est malade.

Il dit qu'il a l'ordre de l'accompagner au lycée et au pensionnat pendant l'absence du maître.

A Lyautey les jeunes boys chantent dans les cours. Et Hélène Lagonelle dort.

Le lendemain, au même endroit de la rue du lycée le chauffeur n'est plus seul. Le jeune maître est là, dans l'auto. C'est l'heure de la sortie du lycée. L'enfant va près de lui. Sans un mot, devant les passants, les élèves, ils restent enlacés dans un baiser très long, oublieux de tout.

Le Chinois dit :

– Mon père il va vivre. Il a refusé, il dit qu'il préférerait me voir mort.

Le Chinois a bu du choum. L'enfant ne comprend rien à ce qu'il raconte. L'enfant ne le lui dit pas. Elle écoute bien. Elle ignorait tout des vraies raisons de ce voyage du Chinois, il lui parle dans le mauvais français des Chinois de la Colonie quand ils ont bu du choum. Il dit :

– Je lui supplie. Je lui dis qu'il doit avoir vécu une fois un amour comme ça au cours de sa vie, que c'est impossible autrement. Je lui demande de te marier pendant un an, pour après te renvoyer en France. Parce que ce n'est pas possible encore pour moi de laisser déjà cet amour de toi.

L'enfant se tait puis elle demande où c'était cette conversation avec le père. Le Chinois dit que c'était dans la chambre du père, dans cette maison de Sadec.

126

L'enfant demande où se trouve le père quand ils parlent. Le Chinois dit que le père est maintenant sur un lit de camp toute la journée parce qu'il est âgé, noble et riche. Mais que lui, avant, il recevait les gens dans son bureau américain. Que lui, le fils de ce père, presque tout le temps, il se prosternait en l'écoutant.

L'enfant a envie de rire, mais elle ne rit pas.

Le Chinois raconte à l'enfant, toujours dans un français récurrent. Mais ce qu'écoute l'enfant c'est l'histoire du père à travers ses paroles, ses réponses. Le Chinois raconte :

– Je lui dis c'est trop nouveau, trop fort, je lui dis c'est affreux pour moi de te séparer de moi comme ça. Que lui, mon père, il doit savoir ce que c'est un amour comme celui-là, tellement considérable, que ça se reproduit jamais plus dans la vie, jamais.

Le Chinois pleure en disant les mots : jamais plus dans la vie jamais. Il dit :

– Mais mon père, il se fiche de tout.

L'enfant demande si le père a jamais connu cette sorte d'amour qu'il dit. Le Chinois ne sait pas. Il réfléchit, cherche à se souvenir. Et à la fin, il dit que sans doute, oui. C'était quand il était très jeune, cette jeune fille de Canton, étudiante elle aussi.

L'enfant demande s'il lui en avait parlé. Le Chinois dit :

– Jamais à personne – il ajoute – sauf à ma mère, mais après la fin de cet amour. C'était elle, ma mère, qui alors en avait souffert.

Le Chinois se tait.

L'enfant ferme les yeux, elle voit le fleuve devant la Villa de céramiques bleues. Elle dit qu'il y avait un escalier avec des marches qui descendaient à l'intérieur du fleuve. Il dit que les marches sont toujours là pour les femmes et les enfants pauvres se baigner et laver leurs affaires dans les eaux du fleuve, que les marches descendaient jusqu'à disparaître. Et que le père se tenait sur un lit de camp face à cet escalier pour voir les femmes se déshabiller et rentrer dans les eaux du fleuve et rire ensemble. Et lui aussi, son fils, le petit Chinois, il les avait regardées avec lui lorsqu'il avait été en âge de voir ces choses-là.

Le Chinois dit que le père lui avait donné une lettre ouverte à destination de la mère pour qu'il la lise. Il l'avait lue et il l'avait rendue au père. Il avait dit avoir oublié ce que cette lettre disait à la mère. L'enfant ne l'avait pas cru. L'enfant dit qu'elle ne reverrait sans doute jamais les marches et les femmes qui descendaient dans le fleuve, mais que maintenant, elle s'en souviendrait pour toute sa vie.

Et le Chinois s'était souvenu à son tour de ce que disait une deuxième lettre que lui, son père, lui avait écrite à lui, son fils et que lui, ce fils, il l'avait égarée et puis retrouvée et qu'il croyait lui avoir remise après celle destinée à la mère. Le Chinois l'avait sortie pour la traduire à l'enfant :

« Je ne peux pas accepter ce que tu demandes à moi, ton père. Tu le sais. Après cette année-là que tu me demandes, il est tout à fait impossible pour toi de la quitter. Et alors tu perds ta future femme et sa dot. Impossible pour elle de t'aimer après ça. Alors je garde les dates qui ont été fixées par les familles. »

Le Chinois continue de traduire la lettre du père :

« Je connais la situation de la mère de cette jeune fille. Il faut que tu te renseignes pour savoir combien il faut, à elle, pour régler les dettes de ses barrages contre l'océan. Je connais cette femme-là. Elle est respectable. Elle a été volée par les fonctionnaires français du Cadastre au Cambodge. Et elle a un mauvais fils. La petite, je l'ai jamais vue. Je ne savais pas qu'il y avait une fille dans cette famille-là. »

L'enfant dit qu'elle ne comprend rien à la lettre du père. Elle se retient de rire, puis elle ne peut plus se retenir et elle rit de toutes ses forces. Et le Chinois rit de même tout'à coup.

Le Chinois reprend la lettre du père des mains de l'enfant et termine de la lire :

« Je saurai dans quelques jours la date de leur départ. Il faut que tu ailles voir la mère aujourd'hui même pour la question de l'argent. Après ce serait trop tard. Tu dois être très poli avec elle. Très respectueux pour qu'elle ne soit pas honteuse d'accepter l'argent. »

Quand le Chinois arrive dans la maison de la mère il y a déjà deux Chinois qui attendent, assis par terre le long des murs. Ce sont les patrons de *La Fumerie du Mékong*. Les trois Chinois se reconnaissent.

Le fils aîné est assis à la table de la salle à manger. Il n'a pas l'air de comprendre ce qui se passe, un peu comme s'il dormait. Il a déjà la pâleur des fumeurs d'opium ; leurs lèvres affaissées, d'un rouge saignant.

Le petit frère est là aussi, Paulo. Il est allongé le long du mur de la salle à manger. C'est un adolescent beau à la façon d'un métis. Le Chinois et lui se sourient. Le sourire du petit frère rappelle celui de sa jeune sœur. A côté du petit frère il y a un autre jeune homme très beau, c'est le petit chauffeur de la mère, celui qu'on appelle Thanh. Ils se ressemblent avec le petit frère et la sœur sans qu'on puisse dire comment : la peur peut-être dans le regard, très pure, innocente.

La scène est immobile. Personne ne bouge. Personne ne parle. Personne ne dit bonjour.

Les trois Chinois disent très calmement quelques phrases.

Et puis ils se taisent.

L'amant chinois va vers le frère aîné et lui explique :

— Ils disent qu'ils vont porter plainte contre vous. Ce sont les propriétaires des *Fumeries du Mékong*. Vous ne les connaissez pas. Vous ne connaissez que les tenanciers qui sont des employés.

Pas de réponse du frère aîné.

La mère arrive, elle sort de sa douche, elle est pieds nus, dans une large robe, faite par Dô dans un sampot, elle a les cheveux mouillés, défaits. Le petit frère est toujours assis contre le mur, loin du centre de la scène, intéressé par ce qui se passe semble-t-il, ce soudain va-et-vient d'inconnus dans la maison.

Le Chinois regarde la mère avec une curiosité passionnée.

Elle lui sourit. C'est dans le sourire qu'il voit la ressemblance avec sa fille. Ce sourire est aussi celui du petit frère.

La mère n'attache aucune importance à la présence d'un troisième Chinois dans la maison, même habillé chic, à l'européenne. Pour elle, tous les Chinois sortent des fumeries. Elle demande à son fils aîné :

– Tu dois combien ?

– Demande-leur. De toute façon ce sont des crapules, ils mentiront.

La mère découvre un Chinois qu'elle n'a jamais vu :

– C'est vrai, Monsieur, ce que dit mon fils ?

Le Chinois :

– C'est vrai Madame – il ajoute en souriant – Excusez-moi, mais ils ne céderont pas... jamais... Ils vous empêcheront de monter sur le bateau... Si on veut s'en débarrasser, il vaut mieux les payer.

La mère découvre que « le troisième Chinois » n'est pas un créancier. Elle lui sourit.

Le Chinois parle à ses congénères en chinois. Ils sortent séance tenante de la maison quand ils reconnaissent le fils du Chinois de la maison bleue.

Le frère aîné demande au Chinois inconnu :

– Vous êtes ici pourquoi, vous ?

Le Chinois se tourne vers la mère. Et c'est à elle qu'il répond :

– Vous avez demandé à me voir Madame.

La mère cherche qui c'est :

– Qui êtes-vous ?... Je ne me souviens pas...

– Vous ne vous souvenez pas... C'est à propos de votre fille...

Le frère aîné rit de la blague.

La mère demande :

– Qu'est-ce qui s'est passé avec ma fille ?

Le Chinois ne baisse pas les yeux. Il sourit à la mère. Il y a chez lui ce jour-là une sorte d'insolence heureuse, d'assurance qui lui vient d'être là, dans cette maison de Blancs, si pauvres que soient ces Blancs, de l'intérêt que lui porte la mère, comme elle lui sourit, le regarde. Il répond :

– Je pensais que vous le saviez, je suis devenu son amant.

Silence. La mère est étonnée mais modérément.

– Depuis quand...

– Deux mois. Vous le saviez, non ?

Elle regarde son fils. Elle dit :

– Oui et non... voyez... au point où j'en suis...

Le frère aîné :

– Tout le monde le sait. Qu'est-ce que vous voulez ?

– Je ne veux rien. C'est vous, Madame... vous avez envoyé une lettre à mon père. Vous lui dites que vous vouliez me voir.

Elle regarde son fils, l'interroge du regard. Le frère aîné dit :

– C'est moi qui l'ai écrite. C'est une lettre très claire. Votre père ne vous a pas dit ce qu'on voulait ?

Le Chinois ignore le fils. Il s'adresse à la mère :

– Mon père ne veut pas du mariage de son fils avec votre fille, Madame. Mais il est prêt à vous donner l'argent qui est nécessaire pour liquider vos dettes et quitter l'Indochine.

Le frère aîné dit :

– C'est parce qu'elle est déshonorée que votre père ne veut pas du mariage ?

Le Chinois regarde le frère en silence et dit en souriant :

– Pas seulement. Parce qu'elle n'est pas chinoise aussi.

La mère dit :

– Et qu'elle est pauvre...

Le Chinois sourit, comme d'un jeu :

– Oui. Et jeune un peu... un peu trop jeune aussi... mais c'est le moins grave. En Chine les Chinois aiment aussi les très jeunes filles.

Silence. Puis le Chinois dit pourquoi il est venu :

– Madame, mon père me dit qu'il est prêt à payer une certaine somme d'argent pour essayer de réparer le tort que j'ai fait à votre famille.

Le frère aîné :

– Combien ?

Le Chinois fait comme s'il n'avait pas entendu.

La mère est débordée, elle gémit tout à coup. Le Chinois lui sourit. La mère dit :

– Mais Monsieur... le dire comme ça, Monsieur, comment voulez-vous que j'y arrive. Comment voulez-vous calculer une chose comme ça... le déshonneur... ?

– Il ne faut pas calculer une chose comme ça Madame. Il vous faut dire la somme qu'il vous ferait plaisir d'avoir.

La mère rit, le Chinois de même. Elle rit fort, elle dit :

– Tout Monsieur. Regardez-moi... j'ai l'air de rien... et j'ai autant de dettes qu'un chef d'État.

Ils rient ensemble dans une sympathie évidente. Le frère aîné est seul.

Le Chinois dit :

– Madame, je ne pourrais évidemment jamais vous faire tenir l'équivalent de ce que vous auriez eu si votre fille était devenue ma femme...

– Ç'aurait été combien... dites-le comme ça Monsieur... pour rien...

– Je ne sais pas bien, Madame. Ç'aurait été important.

– Je pourrais le tuer, peut-être, mais le convaincre de trahir la loi, non... Mais comptez sur moi, Madame, de toute façon je vous aiderai.

Ils se regardent. Ils se sourient. Le frère aîné paraît découragé. Le Chinois se rapproche de la mère. Il lui sourit. Il lui parle, et cela devant les autres gens qu'il ne connaît pas. Elle écoute passionnément, la mère, comme son enfant, elle regarde aussi comme elle, très fort.

Le Chinois dit :

– Je ne volerai pas mon père, Madame, je ne lui mentirai pas. Je ne le tuerai pas. Je vous ai raconté des histoires parce que j'avais envie de vous connaître... à cause d'elle, de votre fille. La vérité c'est que mon père est prévenu en votre faveur et qu'il vous fera parvenir de l'argent par mon intermédiaire. J'ai une lettre de lui qui me le promet. C'est au cas où la somme ne serait pas suffisante que j'en viendrais à ce que je vous disais... sourire de la mère... mais pour mon père, en aucun cas cette question ne sera une question d'argent, mais de temps, de banque... de morale... vous voyez...

La mère dit que de cela elle est tout à fait assurée.

Il s'arrête de parler. Ils se regardent avec émotion. Elle, elle voit derrière le sourire, enchaîné à ce sourire, le désespoir à peine marqué de l'héritier de Sadec.

— Si j'épousais votre fille, mon père me déshériterait, et alors c'est vous Madame qui ne voulez pas que votre enfant épouse un homme pauvre et chinois.

La mère rit.

— C'est pourtant vrai... Monsieur... ça aussi... c'est ça la vie... contradictoire...

Ils rient ensemble de la vie.

Dans le silence qui se fait, la mère dit très bas :

— Vous aimez cette enfant tellement...

Elle n'attend pas de réponse. Sur les lèvres, dans les yeux du Chinois elle devine le désespoir, la peur. Elle dit tout bas :

— Excusez-moi...

La mère commence à oublier l'histoire de l'argent. C'est dans cet intérêt de la mère pour tout ce qui arrive partout dans son existence à elle – et dans une autre aussi bien – que le Chinois est ramené à l'enfant. C'est plus précisément à la façon d'écouter de la mère qu'il retrouve, comme réverbérée, la curiosité de son enfant.

La mère dit gentiment :

— Vous parlez bien le français, Monsieur.

— Merci, Madame. Et vous, si je peux me permettre... vous êtes... adorable avec moi...

Le frère aîné crie :

– Il y en a assez maintenant... On vous fera savoir par ma putain de sœur combien on veut.

Le Chinois fait exactement comme si le frère aîné n'existait pas du tout. Il devient tout à coup terrible, de calme et de douceur.

La mère de même, sans l'avoir décidé, reste là, avec le Chinois. Elle lui demande :

– Elle sait tout ça ma fille ?

– Oui. Mais elle ne sait pas encore que je suis venu chez vous.

– Et... d'après vous, qu'est-ce qu'elle dirait si elle savait...

– Je ne sais pas Madame...

Le Chinois sourit. Il dit :

– D'abord elle se mettrait en colère... peut-être... et puis tout d'un coup, elle s'en ficherait... pourvu que vous, vous ayez l'argent – il sourit – Elle est royale votre fille, Madame.

La mère est illuminée, heureuse, elle dit :

– C'est pourtant vrai ce que vous dites, Monsieur. Ils se quittent.

C'est la garçonnière.
C'est la nuit.
Le Chinois est revenu de Sadec.
L'enfant est couchée, elle ne dort pas.

Ils se regardent sans se parler. Le Chinois s'assied dans le fauteuil, il ne va pas vers l'enfant. Il dit : j'ai bu du choum, je suis soûl.

Il pleure.

Elle se lève, elle va vers lui, elle le déshabille, elle le traîne jusqu'au bassin. Il la laisse faire. Elle le douche avec l'eau de pluie. Elle le caresse, elle l'embrasse, elle lui parle. Il pleure les yeux fermés, seul.

Dans la rue le ciel s'éclaire, la nuit est déjà vers le jour. Dans la chambre elle est encore très sombre.

Il dit :

– Avant toi je ne savais rien de la souffrance... Je croyais que je savais, mais rien je savais.

Il répète : rien.

Elle tamponne légèrement son corps avec la serviette. Elle dit tout bas, pour elle-même :

– Comme ça tu auras moins chaud... ce qu'il faudrait c'est ne pas s'essuyer du tout...

Il pleure très doucement sans le vouloir. Ce faisant il injurie l'enfant avec beaucoup d'amour.

– Une petite Blanche de quatre sous trouvée dans la rue... voilà ce que c'est... j'aurais dû me méfier.

Il se tait et puis il la regarde et il recommence :

– Une petite putain, une rien du tout...

Elle se détourne pour rire. Il la voit et il rit aussi avec elle.

Elle le savonne. Elle le douche. Il se laisse faire. Les rôles se sont inversés.

Ça lui plaît à elle de faire ça. Ici, elle le protège. Elle le mène vers le lit, il sait rien, il dit rien, il fait ce qu'elle veut. Ça lui plaît à elle. Elle le fait s'allonger près d'elle. Elle va sous son corps, se recouvre de son corps. Reste là, immobile, heureuse. Il dit :

– Je ne peux plus te prendre. Je croyais pouvoir encore. Je ne peux plus.

Puis il s'assoupit. Puis il recommence à parler. Il dit :

– Je suis mort. Je suis désespéré. Peut-être que je ne ferai plus jamais l'amour. Que je ne pourrai plus jamais.

Elle le regarde très près. Elle le désire très fort. Elle sourit :

– Tu voudrais ça, ne plus faire l'amour ?

– En ce moment, oui, je voudrais... pour garder tout l'amour pour toi même après ton départ et pour toujours.

Elle prend son visage. Elle le serre entre ses mains. Il pleure. Ce visage tremble quelquefois, les yeux se ferment et la bouche se crispe. Il ne la regarde pas. Elle dit dans la douceur :

– Tu m'as oubliée.

– C'est la douleur que j'aime. Je ne t'aime plus. C'est mon corps, il ne veut plus de celle qui part.

– Oui. Quand tu parles, je comprends tout.

Il ouvre les yeux. Il regarde le visage de l'enfant. Puis il regarde son corps. Il dit :

– Tu n'as même pas de seins...

Il prend la main de l'enfant et il la pose sur son sexe à elle.

– Fais-le toi. Pour moi. Pour moi voir ta pensée.

Elle le fait. Ils se regardent tandis qu'elle le fait. Il l'appelle ma petite fille, mon enfant, puis dans un flot de paroles il dit des choses en chinois, de colère et de désespoir.

Elle l'appelle. Elle a posé sa bouche sur la sienne et elle l'appelle : espèce de petit Chinois de rien du tout, de petit criminel...

Ils s'écartent l'un de l'autre. Ils se regardent. Il dit :

— C'est vrai, même mon père quelquefois j'ai envie de le tuer.

Il dit aussi :

— Rien d'autre arrivera dans ma vie que cet amour pour toi.

Ils sont immobiles dans le lit enlacés cependant que séparés l'un de l'autre par les yeux fermés de lui, son silence.

Elle descend du lit. Elle marche dans la garçonnière. Elle va loin de lui, contre la deuxième porte, celle « pour se sauver », se cache de lui. Elle a peur. Elle s'arrête. Elle ne regarde pas, elle est de nouveau dans cette sorte de peur qui a commencé depuis quelques jours et qu'elle n'arrive pas à surmonter. D'être tuée par *cet inconnu* du voyage à Long-Hai.

Elle lui parle tout en marchant. Elle dit :

— Il ne faut pas que tu regrettes. Tu te souviens, tu m'avais dit que je partirais de partout, que je serais jamais fidèle à personne.

Il dit que même ça, ça lui est égal maintenant. Que tout est dépassé – il dit. Le mot plaît à l'enfant mais elle ne comprend pas bien ce qu'il veut dire avec cette expression-là. Dépassé quoi ? Elle lui demande. Il dit qu'il ne sait pas non plus quoi. Qu'il le dit quand même parce que c'est le mot vrai.

Elle était restée là à le regarder, à l'appeler, à lui parler. Et puis elle s'était endormie sur la marche de la porte. Alors il avait tout oublié de l'horreur de sa vie « heureuse », il était allé la chercher à l'autre porte, il l'avait jetée dans le lit et il l'avait rejointe et il avait parlé et parlé, en chinois, et elle, elle dormait et lui à la fin il s'était endormi à son tour.

Le fleuve. Loin. Ses méandres entre les rizières. Il prend la place des amants.

Au-dessus du fleuve, la nuit relative. Le ciel blanc de l'apparition du jour.

Ils dorment.

Une fois, dans le sommeil, cette nuit-là, elle avait appelé le prénom du petit frère. Le Chinois l'avait entendue le dire. Au réveil il le lui avait dit. Elle n'avait pas répondu. Elle était retournée sur la marche de la porte. Elle s'était rendormie.

Ils dorment. De nouveau elle appelle le petit frère abandonné.

Le Chinois se réveille.

Assise sur la marche de l'autre porte, adossée à elle, elle le regarde. Elle est nue. Elle le reconnaît mal. Elle le regarde de toutes ses forces. Elle dit :

– Il va faire jour. Je vais partir avec ton auto à Sadec pour voir ma mère. Je m'ennuie de Paulo.

Il n'a pas entendu. Elle dit encore :

– Je suis de l'avis de ton père. Je ne veux pas rester avec toi. Je veux partir, retrouver mon petit frère.

Il a entendu. Il répond du fond du sommeil.

– Tu peux dire ce que tu veux, je m'en fiche – il ajoute – ça ne sert à rien de mentir.

Il ne bouge pas. Elle reste loin de lui. Il est réveillé.

Ils se regardent. Elle quitte la porte, elle va près de la fontaine. Elle se lève, elle va se coucher sous la douche dans le bassin.

Elle lui parle, elle lui dit qu'elle l'aime pour toujours. Elle croit qu'elle l'aimera toute sa vie. Que pour lui aussi, ce sera pareil. Qu'ils se sont perdus tous les deux pour toujours.

Il ne répond pas. Comme s'il n'avait pas entendu.

Alors elle chante en vietnamien. Et là, il rit... il rit... alors, elle aussi elle rit.

Il a pris son vieux nécessaire à opium. Il est allé se recoucher. Il fume. Il est calme. Elle est toujours couchée par terre, les yeux maintenant fermés, allongée dans le bassin. C'est lui qui, pour la première fois, parle de leur histoire.

Il dit :

– C'est vrai... c'est sur le bac... que j'ai pensé cette chose de toi. Je me suis dit que tu ne resterais jamais avec aucun homme.

– Jamais... aucun... ?

– Jamais.

Silence.

– Pourquoi tu as pensé ça...

– Parce que dès que tu m'as regardé je t'ai désirée.

Elle a les yeux fermés. Il ne sait pas si c'est vrai qu'elle dort. Il la regarde. Non, elle ne dort pas : elle a ouvert les yeux. Il fume, l'opium devant elle, c'est la première fois. Elle le dit :

– C'est la première fois que tu fumes devant moi.

– C'est quand je suis malheureux. Avec l'opium je peux tout supporter. Tout le monde fume ici, même les coolies-pousse.

– Les femmes aussi, je sais ça.

– Dans les milieux riches oui... ma mère fumait. Nous savons fumer. Ça fait partie de notre civilisation. Les Blancs savent rien là-dessus, les voir comment ils fument l'opium, ça nous fait rire... et après comment ils sont abrutis...

Il rit.

Silence.

Ils rient tous les deux.

L'enfant le regarde. Elle retrouve « l'inconnu du bac ».

– C'est comme un métier que tu aurais de ne rien faire, d'avoir des femmes, de fumer l'opium. D'aller dans les clubs, à la piscine... à Paris... à New York, en Floride...

– Rien faire c'est un métier. C'est très difficile.

– Peut-être que c'est le plus difficile...

– Peut-être.

Elle vient près de lui. Il caresse ses cheveux, la regarde, il la découvre encore. Il demande :

– Tu n'as pas connu ton père.

– J'ai deux images de lui. Une à Hanoi, une à Phnom Penh. Autrement non. Le jour de sa mort, oui, je me souviens. Ma mère qui pleurait qui hurlait... Dis-moi encore... pour être riche, pour rien faire et le supporter... il faut l'argent et quoi en plus...

– Être un Chinois – il sourit – jouer aux cartes aussi. Je joue beaucoup. Quand le chauffeur dit que je suis sorti, ça veut dire que je joue, souvent avec des voyous le long des racs la nuit. Sans le jeu on ne peut pas tenir.

Elle est revenue vers lui. Elle est dans le fauteuil d'osier près du bassin.

– Le premier jour j'ai cru que tu étais... pas un richard, non, un homme riche, et aussi un homme qui faisait beaucoup l'amour et qui avait peur. De quoi, je ne savais pas. Je ne sais pas encore. Je ne sais pas bien dire ça... peur à la fois de la mort... et peur de vivre aussi, de vivre une vie qui va mourir un jour, de le savoir tout le temps... Peur aussi de ne pas aimer peut-être... de jamais oublier que... je ne sais pas dire ça...

– Tu veux pas le dire...

– C'est vrai je veux pas.

Silence.

– Personne sait le dire, ça.

– C'est vrai.

– D'après toi, que j'ai cette peur, je ne le sais pas ?

Silence. L'enfant réfléchit.

– Non. Tu ne le sais pas à quel point tu as peur...

Silence. Elle le regarde comme si elle venait de le connaître. Elle dit :

– Je veux me rappeler toi tout entier, toujours – elle ajoute – De toi qui ne sais rien sur toi... quand tu étais petit tu as été malade et tu le sais même pas...

Elle le regarde, elle prend son visage entre ses mains, le regarde, ferme ses yeux et regarde encore.

Il dit :

– Je vois tes yeux derrière mes paupières.

– Je sais un peu ce que tu dis sur moi. Comment tu sais ?

– Par mon petit frère... sur son dos on voit une longue trace pareille à la tienne... un peu courbée... c'est dans le dessin de la colonne vertébrale, sous la peau.

– Ma mère a dit : c'est le rachitisme. Elle m'a emmené voir un grand docteur à Tokyo.

Elle va vers lui, se penche, elle embrasse sa main.

– Je préférerais que tu ne m'aimes pas.

– Je ne t'aime pas. (Temps.) C'est ça que tu veux ?

Elle sourit, elle tremble tout à coup, elle joue le jeu, elle demande :

– Ce serait une idée que tu te ferais... dans ce cas...

– Peut-être.

– C'est terrible d'entendre... les mots, de reconnaître la voix qui dit ces mots-là...

Il la prend dans ses bras, l'embrasse encore et encore.

Il dit :

– Et c'est ce que tu veux.

– Oui.

Le Chinois dit :

– Cherche encore pourquoi j'ai peur...

– C'est peut-être une idée que tu te ferais... comme de m'aimer ?

– Peut-être.

– Parce que autrement... si tout est donné, c'est comme la mort ?...

Elle ne répond pas. Il continue.

– D'être comme moi tu veux dire... vivre comme moi c'est comme la mort ?...

Elle crie tout bas :

144

– ...Cette conversation... qu'est-ce qu'elle est embêtante à la fin...

Silence. Il insiste encore :

– Une seule question encore je voudrais te poser.

Elle ne veut pas. Elle dit qu'elle ne sait pas répondre aux gens. Elle demande :

– Tu n'as jamais couché avec une autre Blanche que moi ?

– A Paris bien sûr. Ici, non.

– C'est impossible ici d'avoir des Blanches ?

– Complètement impossible. Mais il y a les prostituées françaises.

– C'est cher ?

– Très cher.

– Combien ?

Regard du Chinois sur elle. Elle rit, à le voir, beaucoup.

Il ment tout à coup. Il dit :

– Je ne sais plus. Mille piastres ?

Il rit avec elle.

– Je voudrais que tu me dises une seule fois : « Je suis venue chez toi pour que tu me donnes de l'argent. »

Lenteur. Elle cherche pourquoi. Elle ne peut pas mentir. Elle ne peut pas le dire. Elle dit :

– Non. Ça c'est après. Mais dans le bac ce n'était pas l'argent. Du tout. Et tellement, c'était comme si ça n'existait pas.

Il « revoit » le bac. Il dit :

– Dis-le comme si c'était vrai.

Elle le dit comme il le veut :

– Dans le bac je t'ai vu comme recouvert d'or, dans une auto noire en or, dans des souliers en or. Je

145

crois que c'est pour ça que je t'ai désiré beaucoup, et tout de suite, sur le bac, mais pas seulement pour ça, je le sais aussi. Mais peut-être c'était quand même l'or que je désirais sans que je le sache.

Le Chinois rit. Il dit.

— L'or c'était moi aussi...

— Je ne sais pas. Ne fais pas attention à ce que je dis. Je ne suis pas habituée à parler comme ça.

— Je fais attention quand même. Mais pas à ce que tu dis. A toi, à comment tu parles.

Elle prend sa main, regarde, embrasse la main. Elle dit :

— Pour moi, c'était tes mains... — elle se reprend — c'était ce que je croyais. Je les voyais qui enlevaient ma robe, qui me mettaient toute nue devant toi qui me regardais.

Silence. Il le savait. Il le sait. Il regarde ailleurs. Il sourit. Le jeu devient violent tout à coup. Il crie comme s'il la frappait :

— Tu veux la bague ?

L'enfant crie. Elle pleure. Elle crie. Elle ne prend pas la bague.

Long silence.

Alors le Chinois avait su qu'elle avait voulu la bague pour la donner à sa mère autant qu'elle avait voulu sa main sur son corps, qu'elle devait le savoir seulement maintenant avec sa question à lui sur la bague. Il dit :

— Oublie.

— J'ai oublié. Je ne voudrais jamais une chose pareille, un diamant. On n'arrive jamais à vendre un diamant quand on est pauvre. Rien qu'à nous voir ils croient qu'on l'a volé.

– Qui c'est « ils » ?

– Les diamantaires chinois et d'autres races aussi. Mais surtout les Chinois. Ma mère, elle a connu une jeune femme pauvre, un homme lui avait donné un diamant, elle avait essayé pendant deux ans de le vendre, rien à faire. Alors elle a rendu le diamant à l'homme qui le lui avait donné et il lui a donné de l'argent, mais très peu. C'était pareil, l'homme croyait que le diamant qu'elle lui rendait c'était un autre diamant que celui qu'il lui avait donné, que ce diamant nouveau il ne valait rien et qu'elle l'avait volé à un autre homme. Ma mère m'a dit de ne jamais accepter un diamant mais seulement de l'argent.

Le Chinois la prend dans ses bras. Il dit :

– Alors, toi, tu as l'air d'une pauvre ?

Silence. Elle demande :

– C'est cher une bague comme ça ?

– Très cher.

– Très très cher ou très cher.

– Je sais pas.

Ils regardent la bague étrangère. Et puis le Chinois dit :

– Ça vaut peut-être des dizaines de milliers de piastres... Ce que je sais c'est que le diamant était à ma mère. Il était dans sa dot de mariage. Mon père l'a fait monter pour moi après sa mort chez un grand bijoutier de Paris. Le bijoutier, il est venu chercher le diamant en Mandchourie. Et il est revenu en Mandchourie pour livrer la bague.

Elle dit :

– Tu te rends compte.

147

Il ne parle pas, il la laisse. Il l'aime. Elle rit tout à coup, fort. Elle dit :

— C'est vrai que ça ne peut pas être envoyé dans un très très petit colis postal, un diamant...

Elle rit. Elle éclate de rire. Elle dit qu'elle voit le diamant tout seul dans un grand camion blindé. Elle dit que c'est intransportable un diamant, que même « énorme » c'est trop petit – et elle rit – un petit pois au plus.

Il est heureux toujours quand elle rit. Rieuse comme moi à son âge, dit la mère.

Il dit :

— Je sais que le diamant ce n'est pas tout de suite que tu l'as vu.

— Si, je l'avais vu, mais séparé de toi. C'est forcé. Quand même je savais ce que c'était un diamant. Je l'ai senti, je trouvais qu'il sentait bon comme toi... l'encens, le tussor, l'eau de Cologne. Pour moi je n'y ai pas pensé, pour le porter je veux dire. Je crois qu'on est pauvre de naissance. Même si je suis riche un jour je resterai avec une sale mentalité de pauvre, un corps, un visage de pauvre, toute ma vie j'aurai l'air comme ça. Comme ma mère. Elle a l'air d'une pauvre mais elle, à un point, c'est incroyable.

Il ne trouve pas. Pour lui elle a l'air d'une paysanne – elle est belle comme une belle paysanne.

Elle le regarde encore très fort. Elle dit :

— Mais toi, tu as l'air d'un riche. Ta fiancée elle a l'air de quoi ?

— De rien de spécial. D'une riche. Comme moi.

L'enfant prend la main qui porte le diamant. Elle regarde la bague, le diamant. Elle baisse les yeux. Lui la regarde, elle. Il dit :

148

– Répète ce que tu m'as dit tout à l'heure.
Elle répète :
– Je t'ai désiré tout de suite... très vite très fort à ce moment-là... c'est vrai.
– Autant que ton petit frère...
Elle réfléchit. Elle dit :
– Comment dire ça... mon petit frère c'est aussi mon enfant...
– Ton petit frère ne t'a jamais prise.
– Non. C'était moi qui le prenais avec mes mains.
Ils restent enlacés. Il dit tout bas qu'il aime déjà le petit frère, d'amour.

Ils allument les baguettes d'encens. Ils chantent. Ils parlent. L'enfant caresse le corps de son amant. Elle dit :
– Toi aussi tu as la peau de la pluie.
– Ton petit frère aussi.
– Oui, aussi, on est trois à avoir la peau de la pluie.

Les nuits deviennent exténuantes. La chaleur augmente toujours. Les gens vont dormir sur les berges des arroyos. On voit au loin les quais des Messageries maritimes. Eux, ils vont là aussi. Le Chinois quelquefois il conduit l'auto. Alors le chauffeur et l'enfant ont peur.

Le Chinois retient l'enfant contre lui, toujours, partout.
Il dit :
– Je t'aime aussi comme mon enfant, pareil.

La garçonnière.

L'enfant annonce au Chinois que le rapatriement du frère aîné que la mère avait demandé lui a été enfin confirmé.

– Pour quand ?

– Pour bientôt. Je ne sais rien de plus précis.

– Je savais par mon père que ton frère était sur la liste des prochains départs.

– Il sait tout ton père...

– Oui. Tout ce qui vous concerne, il le sait aussi.

– Tout, vraiment ?...

– Oui.

– Comment il fait ?...

– Il paye. Il achète. Même quand il doit rien du tout, il sort les piastres... c'est très comique.

– C'est dégoûtant... à la fin...

– Sans doute. Je m'en fiche... Quand ce n'est pas la peine du tout, il sort les piastres... c'est dans le sang...

Elle pleure. Il prend son visage. Elle tremble. Elle dit :

– Je suis allée avec toi pour que tu me donnes de l'argent, même si je ne le sais pas.

Il la prend contre lui encore plus près. Cette peur de lui a encore augmenté. Il dit :

– J'ai quelque chose à te dire... c'est un peu difficile à dire... je vais te donner de l'argent pour ta mère. De la part de mon père. Elle est prévenue.

On dirait que l'enfant n'a pas entendu. Puis elle se dégage violemment – l'enfant ne sait rien de la visite qu'a faite le Chinois à la mère. Elle dit :

– C'est impossible, ma mère ne sait même pas que vous existez.

Le vouvoiement a repris, très brutal. Il ne répond pas.

Elle doute tout à coup, des larmes dans les yeux. Elle le regarde comme un criminel. Elle dit :

– Vous avez pris des renseignements sur ma famille.

Le Chinois tient tête à l'enfant. Il dit :

– Oui. Je suis allé à Sadec pour voir ta mère sur la demande de mon père. Pour lui parler. Me renseigner sur la pauvreté de votre famille.

Il est très douloureux et plein d'amour pour elle. Il dit :

– C'est vrai que vous n'avez plus rien. La seule chose qui leur restait à vendre c'était toi. Et on ne veut pas t'acheter. Ton frère aîné avait écrit à mon père. Ta mère cherchait à me rencontrer. Mon père m'a demandé de la voir. Je l'ai vue.

L'enfant se dresse. Elle s'éloigne davantage de lui : il devient celui qui a vu la mère dans un état misérable, dans l'obscénité du malheur. Elle dit :

– Comment vous avez osé...

Le Chinois est prudent, très doux :

– Elle sait tout depuis le début de notre histoire. D'abord elle avait en horreur l'idée du mariage de sa fille avec un Chinois. Et puis ce mariage, elle l'a espéré. Nous avons parlé longtemps. Ce que je voulais c'est qu'elle n'espère plus ce mariage. Plus du tout. Qu'elle chasse cette idée pour toujours. Je lui ai

151

rappelé la loi chinoise. Je lui ai parlé de mon père qui préférerait que je meure plutôt que trahir la loi.

L'enfant pleure. Elle dit – le tutoiement a repris – :

– J'aurais pu lui dire que c'était moi qui ne voulais pas du mariage avec toi... jamais... à aucun prix, que je m'en fichais du mariage... de tout ça... elle aurait été moins humiliée.

– Humiliée elle n'a pas été, je jure. On a même ri ensemble...

– De quoi ?

– De la loi chinoise. Et de mon père.

– Elle aime rire ma mère... c'est resté, ça...

– Oui. Je lui ai dit que je savais par mon père le départ de son fils. Je lui ai demandé de combien elle avait besoin pour ce départ-là. Elle m'a dit : deux cent cinquante piastres.

Le Chinois et l'enfant rient. Puis l'enfant pleure en souriant. Et puis le Chinois cesse de rire, il regarde l'enfant, il dit :

– Elle donne envie de t'aimer, ta mère, d'aimer son enfant.

L'enfant parle comme une grande personne tout à coup :

– Il faut lui donner beaucoup... Il y a des frais sur les bateaux pour voyager dans de bonnes conditions... Le voyage est payé mais ce n'est pas tout... rien que les vêtements pour l'hiver... la pension, l'inscription à l'école d'électricité, les cours Violet.

Il va chercher sa veste près de la douche, il prend une enveloppe dans une poche sur la table, il dit :

– Combien il faudrait pour tout de suite ?... J'ai apporté que cinq cents piastres.

– Cinq cents piastres pour tout de suite...
d'accord... pourquoi pas ?

Il pose l'enveloppe sur la table.

Elle se déshabille. Elle enlève sa robe d'un seul geste, par le haut. Il ne peut pas encore voir ce geste sans en être ému. Il dit :

– Qu'est-ce que tu fais ?

Elle dit qu'elle va prendre une autre douche. Elle ajoute que finalement elle est contente pour la mère. Elle dit qu'elle donnera l'enveloppe à Thanh pour qu'il la cache, lui, et qu'il soit le seul à savoir où. La donner directement à la mère, elle dit qu'elle ne peut pas faire ça parce que la totalité de l'argent serait volée par le frère aîné dans les heures qui suivraient. Et la mère serait malheureuse.

Le Chinois dit :

– Volé par son fils ou donné par elle à son fils.

– C'est ça, c'est pareil.

– Thanh gardera l'argent, tu me jures...

– Je te jure.

L'enfant a pris sa douche. Elle se rhabille. Elle dit qu'elle va rentrer à la pension.

– Pourquoi ?

– Je veux être toute seule.

– Non. Tu restes avec moi. On va aller dans les bars au bord des arroyos, on boira du choum, on mangera des nem-nuongs. C'est là les meilleurs, les femmes elles les font elles-mêmes et le choum il vient de la campagne.

– Après je pourrais rentrer à la pension ?

– Non.

Elle rit. Elle dit :

– Je rentrerai quand même. Après.

Il rit avec elle. Les petits bars au bord des arroyos, le choum et les nems de la campagne, personne ne peut y résister. Le port non plus, la nuit.

Ils vont encore vers les Messageries du port d'embarquement maritime. Il l'a prise contre lui sur la banquette. Il essaye de l'embrasser. Elle résiste, puis elle se laisse embrasser.

Il est dans l'amour de l'enfant maigre, sans presque de seins, imprévisible, cruelle.

Ils s'arrêtent devant un paquebot en instance de départ.

Il y a un dancing ouvert sur la plate-forme avant de ce bateau.

Des femmes blanches dansent avec les officiers. Elles ne sont pas fardées. Des femmes de peine, on dirait, sages.

Les danseurs ne parlent pas entre eux – comme si un règlement l'interdisait. Les femmes surtout sont sérieuses, elles sont des professionnelles de la danse, elles sourient comme les religieuses, dans un contentement général, de principe. Elles sont en robes claires, discrètement à fleurs. L'enfant regarde ces choses dans une sorte de fascination. Quand ils atteignent ce côté-là du port, elle se détache du Chinois et regarde le bal exsangue du pont.

Le Chinois résiste à ce détour de leur promenade. Mais il finit toujours par aller où veut aller l'enfant.

154

L'enfant avait ignoré longtemps le pourquoi de cette fascination, autant que le Chinois l'avait ignorée. Et puis un jour elle s'en était souvenue : elle avait retrouvé l'image intacte du bal exsangue et sans paroles des couples du pont comme déjà intégrée dans un livre qu'elle n'avait pas encore abordé mais qui avait dû être en instance de l'être chaque matin, chaque jour de sa vie et ça pendant des années et des années et qui réclamait d'être écrit – jusqu'à ce moment-là de la mémoire claire une fois atteinte dans la forêt de l'écrit à venir *.

Ils traversent toute l'étendue de la ville insomniaque, accablée par la chaleur de la nuit. Il n'y a aucun vent.

Elle dort. Le Chinois écoute le chauffeur chanter un chant de la Mandchourie, sauvage et doux, hurlant et murmuré.

Il la porte sur le lit.

Il éteint la lumière.

Il fume l'opium dans la pénombre de la chambre.

De la musique arrive comme chaque nuit, des chants chinois, loin. Et puis ensuite tard dans la nuit, très bas, arrivent les trains du Duke Ellington qui traversent la rue, les portes des chambres. Et puis ensuite encore plus tard et plus bas et plus seule, cette Valse Désespérée du commencement de l'histoire d'amour.

* Il s'agit de *Emily L.*

155

L'ÉDEN-CINÉMA DE SAIGON.

Le chauffeur devant le lycée.

Il attend jusqu'à la fermeture des portes.

L'enfant ne vient pas.

Il s'en va. Il descend la rue Catinat.

Il voit l'enfant avec un jeune Blanc qui doit être son frère et un jeune indigène très beau, habillé comme le frère. Ils sortent tous les trois de l'Éden-Cinéma.

Le chauffeur repart à Cholen prévenir son maître.

Le Chinois attend dans la garçonnière.

Le chauffeur raconte l'Éden-Cinéma.

Le Chinois lui dit que l'enfant va souvent au cinéma, qu'elle le lui avait dit, que les deux jeunes gens qui sont avec elle, c'est Thanh, le chauffeur de sa mère, et son jeune frère, Paulo.

Ils vont les rejoindre.

L'enfant sort du cinéma avec Thanh et son petit frère. Elle va droit à l'auto noire, elle est très naturelle. Elle sourit au Chinois, elle dit :

– Ma famille est arrivée de Vinh-Long... on est allés au cinéma avec Thanh et Paulo. Je leur ai dit que tu les invitais au restaurant de Cholen.

Elle rit. Lui se met à rire à son tour. La peur disparaît. Le petit frère et Thanh disent bonjour au

Chinois. Le petit frère ne semble pas reconnaître le Chinois, mais il dit aussi bonjour. Il le regarde ce Chinois comme un enfant le ferait, il ne comprend pas pourquoi le Chinois le regarde tant. Il a oublié l'avoir déjà vu dans les rues de Sadec. Thanh, lui, l'a reconnu.

L'enfant dit qu'elle croit ne pas avoir aimé le film, *l'Ange bleu*, mais que ce n'est pas sûr, qu'elle ne sait pas encore bien.

Elle dit aussi que la mère et le frère aîné arrivent dans la B12 *.

Le frère aîné ne dit pas bonjour au Chinois. La mère, si, elle lui sourit, bonjour Monsieur. Comment ça va... ?

Le Chinois est ému de revoir cette femme à côté de son enfant.

Le petit frère, le frère aîné et la mère montent dans la B12.

Le Chinois dit en souriant :

– Quand ils sont là tu ne m'aimes pas.

Elle prend sa main, l'embrasse. Elle dit :

– Je ne peux pas savoir. J'ai voulu que tu les voies une fois dans ta vie. C'est vrai, peut-être, que leur présence m'empêche de te voir toi.

---

* La B12 n'est pas la « ruine » du *Barrage contre le Pacifique*. Ici, elle est esquintée, certes, mais elle ne pétarade pas, elle n'enfume pas les rues des postes de brousse, elle n'est pas un objet de curiosité.

Le restaurant chinois.

Ce restaurant est celui où sont allés l'enfant et le Chinois le premier soir de leur histoire. C'est l'endroit sans musique. Le bruit de la salle centrale n'est pas assourdissant.

Le serveur arrive, il demande s'ils désirent un apéritif.

La commande est passée. Trois Martel Perrier et une bouteille d'alcool de riz.

Ils n'ont rien à se dire. Personne ne parle. C'est le silence. Personne ne s'en étonne, n'en est gêné.

Les consommations arrivent. C'est le silence général. Personne n'y prend garde ni eux ni l'enfant. C'est comme ça.

Il y a tout à coup, au contraire, comme une aise de vivre, à jouer à ça : vivre.

Le frère aîné commande un deuxième Martel Perrier. La mère ne touche pas au sien, elle le donne à son fils aîné. Personne ne s'étonne du manège maternel.

Commande générale des plats. Canard laqué. Soupes chinoises aux ailerons de requin, crêpes à la pâte de crevettes. Les seuls critères de la famille sont les plats « recommandés par la maison ». Les plus chers bien entendu.

La mère lit le menu, elle crie tout bas : « Oh, la la, qu'est-ce que c'est cher. » Personne ne répond.

Et puis la mère, polie, conventionnelle, fait une tentative pour parler avec le Chinois :

— Il paraît que vous avez fait des études à Paris, Monsieur.

La mère et le Chinois se sourient, moqueurs. On

pourrait croire qu'ils se connaissent bien. Le Chinois prend le ton de la mère pour répondre :

– C'est-à-dire... pour ainsi dire pas, Madame...

– Comme nous alors, dit le frère aîné.

Silence.

Le frère aîné rit. Paulo et Thanh rient aussi.

Le Chinois, au frère aîné :

– Vous ne faites rien vous non plus ?

– Si : le malheur de ma famille, c'est déjà pas mal.

Le Chinois rit naturellement. Tout le monde rit, la mère aussi, heureuse d'avoir un fils si « spirituel ». Et Paulo et Thanh aussi.

Le Chinois demande :

– C'est difficile... ?

– C'est pas donné à tout le monde, disons...

Le Chinois insiste :

– Qu'est-ce qu'il faut d'abord pour ça ?

– La méchanceté. Mais très pure, voyez... un vrai diamant...

Personne ne rit, sauf le Chinois et la mère.

L'enfant, elle, regarde ceux-là, sa mère et son amant, les nouveaux venus de son histoire à elle, l'enfant.

Le frère aîné dit tout haut à la mère :

– Il n'est pas mal le type, il se défend.

Les plats arrivent, chacun se sert. Le Chinois propose à la mère de la servir.

Ils mangent tous en silence. Ils mangent « exagérément ». Ils mangent « pareil » tous les quatre, même l'enfant.

Le Chinois voit le regard de l'enfant sur eux, ceux de cette famille, regard d'amour et de joie sur eux enfin au-dehors, au-dehors de la maison de Sadec, du poste, enfin lâchés dans les rues, exposés à tous les regards, en train de se régaler avec les letchis au sirop.

La mère sourit à la vie. Elle parle. Elle dit :

– Ça fait plaisir de les voir manger.

La mère parle « pour parler ». Pour rien dire. Heureuse. Elle dit n'importe quoi. Elles sont bavardes toutes les deux de la même façon, à l'infini. Infiniment bavardes elles sont. Extasié, le Chinois la regarde, elle, et l'enfant, elle et la ressemblance avec l'enfant. La mère dit :

– C'est un bon restaurant, ce restaurant. On devrait prendre l'adresse.

Personne ne rit. Ni le Chinois. Ni Thanh. Ni le frère aîné.

Le Chinois prend un stylo, écrit l'adresse sur un menu qu'il donne à la mère. La mère dit :

– Merci Monsieur. Je trouve que c'est un restaurant très bon, vous voyez, aussi bon que ceux de la brousse qui passent pour être les meilleurs de l'Indochine parce qu'ils ne sont pas du tout « malhonnêtes » à la française.

Tous, ils dévorent. Le Chinois qui ne mangeait pas se met à dévorer lui aussi. Il a commandé lui aussi des crevettes grillées et il les dévore. Du coup les autres commandent encore des crevettes grillées et ils les dévorent de même. À la fin personne ne fait plus d'effort pour parler. Ils regardent avec passion se faire le service, ça les intéresse. Ils attendent tout le temps « la suite ». L'alcool de riz aidant, ils sont contents. Ils boivent. La mère aussi, elle dit qu'elle adore ça, le choum-choum. Elle a vingt ans. Quand les desserts arrivent la mère s'est assoupie. Les enfants mangent les desserts, encore exagérément. Le frère aîné boit cette fois un whisky, les autres non. Le Chinois boit plus que le petit frère. La jeune fille boit dans le verre du Chinois. La mère ne sait plus très bien ce qu'elle boit, elle rit toute seule, heureuse ce soir-là comme les autres gens.

Au centre du monde le Chinois qui regarde l'enfant en allée dans un bonheur que lui, il ne lui a pas donné, lui, son amant.

Tout à coup le frère aîné se lève. Il a la voix d'un patron. Il s'adresse à tous. Il dit :

— Alors, c'est pas le tout... Qu'est-ce qui se passe maintenant ?

La mère se réveille en sursaut. Ce qui fait rire une dernière fois toute la tablée, même Thanh. Elle demande ce qui se passe...

Le frère aîné dit en riant qu'ils vont tous à La Cascade.

Allez vite...

La mère dit en riant de même que son fils :

— C'est la fête... alors... tant qu'on y est... c'est vrai... à nous la belle vie...

L'enfant, le Chinois et Thanh et Paulo et tout le monde est content. Ils iront tous à La Cascade.

Le Chinois, discrètement, dans un chinois « très pur » a demandé l'addition. On la lui porte dans une soucoupe. Le Chinois prend des billets de dix piastres et en pose huit dans la soucoupe. Le silence se fait autour de la somme. La mère et le frère aîné se regardent. Tous calculent mentalement la somme

161

qu'a dû payer le Chinois, déduction faite des piastres qui restent dans la soucoupe. L'enfant sait ce qui se passe et elle commence à rire de nouveau. La mère est au bord du fou rire devant l'énormité de la somme. Elle crie à voix basse : « Soixante-dix-sept piastres », et le rire l'étouffe, « oh la la » et lui donne le fou rire inextinguible des enfants.

Ils sortent du restaurant. Ils marchent vers les voitures.

L'enfant et le Chinois rient.

Le Chinois dit à l'enfant :

– Ce sont des enfants... même le frère aîné.

– Ce sont les enfants les plus importants de ma vie. Les plus drôles aussi pour moi. Les plus fous. Les plus terribles. Mais, de même, ceux qui me font le plus rire. Mon frère aîné quelquefois j'oublie, je ne peux pas tout à fait croire à ce qu'il est, sauf quand j'ai peur qu'il tue Paulo. Quand il est à la fumerie toute la nuit, à moi, ça m'est égal qu'il meure, ça m'est égal même si un jour il en meurt.

L'enfant demande si dans les familles, quand il n'y a pas le père, les choses sont différentes.

Le Chinois dit que c'est pareil. Il dit :

– Dans les familles avec un père aussi, même quand le père est le plus puissant, le plus terrible, il est embarqué pareil dans les méchancetés et les moqueries de ses enfants.

L'enfant tout à coup se retient de pleurer. Elle dit qu'elle avait oublié que c'était la dernière fois, peut-être de toute sa vie, que Pierre venait à Saigon.

C'est le Chinois qui lui dit la date du départ du frère, l'heure, le numéro de quai.

L'enfant dit que la brutalité du frère aîné envers Paulo était de plus en plus fréquente et cela sans prétexte aucun – il le disait : dès que je le vois j'ai envie de tuer. Qu'il ne pouvait plus se retenir de le frapper, de l'insulter. Thanh l'avait dit à la mère, que s'il ne partait pas en France, le petit frère serait mort de désespoir ou il serait tué par lui, Pierre, son frère. Même lui, Thanh, il avait peur, et pour la mère aussi. Pour la petite sœur demande le Chinois. Elle dit : moi, non.

Une fois le Chinois avait demandé à Thanh ce qu'il en pensait, Thanh avait dit : Non, elle non, elle risque rien.

L'enfant s'approche du Chinois. Pour le dire elle se cache le visage avec sa main :

– Ce qui nous fait l'aimer quand même, c'est ça... C'est qu'il ne sait pas qu'il est un criminel-né. Qu'il ne le saura jamais, même si une fois il tuait Paulo.

Ils parlent de Paulo. Il le trouve très beau, Thanh aussi, il dit qu'on dirait des frères, Thanh et Paulo.

Elle n'écoute pas. Elle dit :

– Après La Cascade on ira chercher l'argent. Je rentrerai avec eux à l'hôtel Charner. Toujours quand ma mère vient à Saigon, je vais dormir là, avec elle, comme quand j'étais petite, on parle ensemble...

– De quoi ?

– De la vie – elle sourit – de sa mort – elle sourit – comme toi en Mandchourie avec ta mère après la jeune fille de Canton.

– Elle doit en savoir des choses, ta mère.

Non, elle dit l'enfant, non, c'est le contraire, à force, elle sait plus rien. Elle sait tout. Et rien. C'est

163

entre les deux qu'elle sait encore des choses, on ne sait pas quoi, ni elle ni nous, ses enfants. Dans le nord de la France peut-être elle connaît encore les noms des villages comme Fruges, Bonnières, Doulens et aussi des villes, Dunkerque, celle de son premier poste d'institutrice et premier mariage avec un inspecteur de l'Enseignement primaire.

La Cascade se trouve au-dessus d'une petite rivière alimentée par des sources – dans un parc sauvage des environs de Saigon. Ils sont tous sur la plate-forme du dancing au-dessus des sources, dans leur fraîcheur. Il n'y a personne encore sauf deux métisses derrière le bar, des entraîneuses qui attendent les clients. Dès que des clients entrent, elles mettent les disques. Un jeune garçon vietnamien vient prendre la commande. Tout le personnel est habillé de blanc.

Le Chinois et la jeune fille dansent ensemble.
Le frère aîné les regarde. Il ricane, se moque.
La malédiction revient. Elle est là, dans son rire obscène, forcé.
Le Chinois demande à l'enfant :
– Qu'est-ce qui le fait rire ?
– Que je danse avec toi.
L'enfant et le Chinois commencent à rire à leur tour. Et puis tout change. Le rire du frère aîné devient un rire faux, cinglant. Il dit, il crie :

– Excusez-moi, c'est nerveux. Je ne peux pas m'empêcher... vous êtes tellement... mal assortis... je ne peux pas m'empêcher de rigoler.

Le Chinois lâche l'enfant. Il traverse la piste de danse. Il s'avance vers le frère aîné attablé à côté de la mère. Il s'approche très près de lui. Il le regarde trait après trait comme s'il était passionnément intéressé.

Le frère aîné prend peur.

Alors le Chinois dit très calmement, doucement, en souriant :

– Excusez-moi, je vous connais mal, mais vous m'intriguez... Pourquoi vous vous forcez à rire... Qu'est-ce que vous espérez...

Le frère aîné a peur :

– Je cherche rien mais... pour la bagarre... je suis toujours partant...

Le Chinois rit de bon cœur :

– ... J'ai fait du kung-fu. Je préviens toujours avant.

La mère elle aussi prend peur. Elle crie :

– Ne faites pas attention Monsieur, il est soûl...

Le frère aîné a de plus en plus peur.

– J'ai pas le droit de rire ou quoi ?

Le Chinois rit :

– Non.

– Qu'est-ce qu'il a ce rire pour vous déplaire, dites-le...

Le Chinois cherche le mot. Il ne le trouve pas, ce mot.

Il dit ça que ce mot n'existe peut-être pas. Puis il le trouve :

– Faux, il est faux. C'est ça le mot : faux. Vous êtes seul à croire que vous riez. Mais non.

Le petit frère se lève, il va au bar, il invite une métisse à danser. Il n'écoute pas le Chinois qui parle avec Pierre.

Le frère aîné reste debout près de sa chaise sans s'approcher du Chinois. Il se rassied et il dit tout bas :

– Pour qui il se prend ce type...

Le Chinois continue à danser avec l'enfant.

Ils dansent.

La danse se termine.

Le fils aîné va au bar. Il commande un Martel Perrier.

Le frère aîné s'assied loin du Chinois. Le Chinois s'assied près de la mère qui a encore peur. Elle lui demande, tremblante :

– C'est vrai que vous avez fait de la lutte chinoise, Monsieur.

Le Chinois rit. Il dit :

– Oh non... Pas du tout... jamais Madame, jamais. Vous ne pouvez pas imaginer à quel point je n'ai pas fait ça... c'est le contraire, Madame...

La mère sourit et dit :

– Merci Monsieur, merci...

Elle ajoute :

– C'est vrai que tous les gens riches en font en Chine ?

Le Chinois ne sait pas. Il n'écoute plus la mère. Il regarde le fils aîné, fasciné. Il dit :

– C'est curieux comme votre fils donne envie de le frapper... excusez-moi...

La mère s'approche du Chinois, dit tout bas

qu'elle le sait, que c'est un vrai malheur. Elle ajoute :

– Ma fille a dû vous le dire... Excusez-le, Monsieur, excusez-moi surtout, j'ai mal élevé mes enfants, c'est moi la plus punie.

La mère. Elle le regarde vers le bar, elle dit qu'elle va le ramener à l'hôtel, qu'il est ivre.

Le Chinois sourit. Il dit :

– C'est moi qui m'excuse, Madame... je n'aurais pas dû lui répondre... mais ça m'a été difficile tout à coup. Ne partez pas pour ça...

– Merci Monsieur. Ce que vous dites, je le sais, c'est un enfant qui appelle les coups.

– Méchant peut-être, non ?

La mère hésite. Et puis elle dit :

– Peut-être, oui... mais surtout cruel, vous voyez... surtout ça, cette chose-là, si terrible... la cruauté, ce plaisir qu'il prend à faire mal, c'est tellement mystérieux, et aussi comment il sait le faire, l'intelligence qu'il a de ça : le mal.

La mère devient pensive. Elle dit :

– En français on appelle ça l'intelligence du diable.

Le Chinois dit :

– En Chine on dit : intelligence des démons, des mauvais génies.

– Tout ça c'est bien pareil, Monsieur.

– Je suis d'accord, Madame.

Alors le Chinois regarde longuement la mère et elle prend peur. Elle demande ce qu'il y a. Le Chinois dit :

– Je voudrais que vous me disiez la vérité, Madame, sur votre petite fille... Est-ce que votre fils l'a frappée quelquefois... ?

167

La mère gémit tout bas, effrayée. Mais le fils aîné
n'a pas entendu. La mère hésite, elle regarde longuement le Chinois. Elle répond :

– Non, c'est moi, Monsieur, parce que lui, j'avais
peur qu'il la tue.

Le Chinois sourit à la mère.

– Sur ses ordres à lui, votre fils aîné ?

– ... Si vous voulez... mais ce n'est pas si simple...
pour l'amour de lui, pour lui plaire... pour de temps
en temps ne pas lui donner tort... vous voyez...

La mère pleure. Au loin le fils s'est aperçu de quelque chose. Il avance vers eux. Il s'arrête quand le
Chinois se met à le regarder. La mère n'y prend pas
garde. Elle demande tout bas au Chinois si « la
petite » lui a parlé de ça...

Le Chinois dit que non, jamais, qu'il l'a deviné là
ce soir, qu'il s'en doutait déjà à cause d'une sorte de
peur enfantine qui ne quittait jamais l'enfant – une
sorte de crainte constante, de méfiance... de tout, des
orages, du noir, des mendiants, de la mer... des
Chinois – il sourit à la mère – de moi, de tout.

La mère pleure tout bas. Le Chinois s'est mis à
regarder le fils avec une évidente objectivité, il
regarde la beauté du visage, le soin de la toilette, l'élégance. Tout en ne le lâchant pas du regard il
demande à la mère quel mot employait le fils. Elle dit
que c'était le mot « dresser » comme dressage mais
surtout le mot « perdue », que si ils ne faisaient rien,
elle et lui, la petite serait perdue... qu'il en était sûr,
qu'elle serait « allée » avec tous les hommes...

– Vous l'avez cru, Madame... ?

– Je le crois encore, Monsieur.

Elle le regarde.

– Et vous Monsieur... ?

– Madame, je le crois depuis le premier jour. Dès que je l'ai vue sur le bac et que je me suis mis à l'aimer.

Ils se sourient dans les larmes. Le Chinois dit :

– Même perdue je l'aurais aimée toute la vie.

Il demande aussi :

– Ça a duré jusqu'à quand les coups...

– Jusqu'au jour où Paulo nous a vus tous les trois mon fils et moi enfermés avec la petite dans la chambre. Il ne l'a pas supporté. Il s'est jeté sur lui.

La mère ajoute :

– Ça a été la plus grande peur de ma vie.

Le Chinois demande tout bas dans un souffle :

– Vous aviez peur pour lequel de vos fils, Madame ?

La mère regarde le Chinois, elle se lève pour partir puis elle se rassied.

Le Chinois dit :

– Je vous demande pardon.

La mère se reprend, elle dit :

– Vous devriez le savoir Monsieur, même l'amour d'un chien, c'est sacré. Et on a ce droit-là – aussi sacré que celui de vivre – de n'avoir à en rendre compte à personne.

Le Chinois baisse les yeux et il pleure. Il dit qu'il n'oubliera jamais : « même un chien »...

L'enfant danse avec Thanh. Elle lui parle tout bas :

– Tout à l'heure je vais te donner cinq cents

piastres pour la mère. Tu les donneras pas à la mère.
D'abord, tu les cacheras et attention à Pierre quand
tu le feras.

Thanh dit qu'il sait où et comment.

– Même s'il me tue, je dirai pas pour les cinq cents
piastres. Depuis qu'il fume tout le temps, moi, je suis
plus fort que lui.

Tout en dansant Thanh respire les cheveux de
l'enfant, il l'embrasse comme quand ils sont seuls.
Personne n'y prend garde, ni la famille ni le Chinois.
Le Chinois regarde l'enfant danser avec Thanh,
toute jalousie bannie. Il est revenu dans le lieu illi-
mité de la séparation d'avec l'enfant, perdu, inconsolable. La mère voit sa douleur. Elle lui dit, adorable.

– Ma fille vous fait beaucoup souffrir, Monsieur.

Le fils aîné est resté là où il était, sur le côté de la
piste. Il voit que le danger s'éloigne, que le Chinois se
distrait et il dit, à voix haute :

– Sale Chinetoque.

Le Chinois sourit à la mère.

– Oui, Madame, elle me fait souffrir au-delà de
mes forces.

La mère, ivre, adorable, pleure pour le Chinois.

– Ça doit être terrible, Monsieur, je vous crois...
mais que vous êtes aimable de me parler à moi, de
mon enfant, avec cette sincérité... on parlerait des
nuits entières, vous et moi, vous ne trouvez pas...

– Oui, Madame, c'est vrai. On parlerait d'elle et de

170

vous. (Temps.) Votre fils disait donc que c'était pour son bien qu'il la battait, et il le croyait d'après vous ?

– Oui, Monsieur. Je sais que c'est étrange mais c'est vrai. Et ça je peux le jurer.

Le Chinois prend la main de la mère, il l'embrasse. Il dit :

– C'est possible qu'il ait vu lui aussi qu'elle courait un danger...

La mère est émerveillée et elle pleure. Elle dit :

– La vie est terrible, Monsieur, si vous saviez...

L'enfant et Thanh se sont arrêtés de danser. L'enfant dit :

– Dans l'enveloppe il y a un deuxième paquet à part de deux cents piastres qui est pour toi.

Thanh est étonné :

– De lui ?...

– De lui, oui. Ne cherche pas à comprendre.

Thanh se tait. Et puis il dit :

– Je garderai. Pour moi plus tard – repartir au Siam.

Le Chinois est allé s'asseoir à une table. Sans doute pour être seul. Il est seul dans la ville, dans la vie aussi bien. Avec, au cœur, l'amour de cette enfant qui va partir, s'éloigner à jamais de lui, de son corps. Un deuil terrible habite le Chinois. Et l'enfant blanche le sait.

Elle le regarde et, pour la première fois, elle découvre que la solitude a toujours été là, entre elle et lui, qu'elle, cette solitude-là, chinoise, elle la gardait, elle était comme son pays autour de lui. De même qu'elle était le lieu de leurs corps, de leur amour.

Déjà l'enfant pressentait que cette histoire était peut-être celle d'un amour.

Le petit frère va danser avec la jeune métisse du bar. Thanh aussi regarde Paulo danser avec une grâce miraculeuse. Paulo n'a jamais appris à danser. L'enfant le dit à Thanh qui ne le savait pas encore.

Seuls la mère et le frère aîné sont à l'écart dans l'ensemble de la scène. Chacun seul regarde danser Paulo *.

Le petit frère revient de danser. Il invite sa sœur. Ils ont toujours dansé ensemble, c'est merveilleux à voir : le petit frère danse comme en dormant, sans même savoir qu'il danse, dirait-on. Il ne regarde pas sa sœur et sa sœur ne le regarde pas non plus. Ils dansent ensemble sans savoir comment on danse. Ils ne danseront jamais plus de cette façon-là dans leur vie. Des princes quand ils dansent ces deux-là, dit la mère. Parfois ils rient d'un rire à eux, malicieux, inimitable, personne ne peut savoir pourquoi. Ils ne disent pas un mot, de seulement se regarder les fait rire. Et autour d'eux on les regarde dans la joie. Eux, ils ne savent pas.

* En cas de film tout se passerait ainsi par le regard. L'enchaînement ce serait le regard. Ceux qui regardent sont regardés à leur tour par d'autres. La caméra annule la réciprocité : elle ne filme que les gens, c'est-à-dire la solitude de chacun (ici, on danse chacun à son tour). Les plans d'ensemble, ici, ce n'est pas la peine parce que l'ensemble, ici, n'existe pas. C'est des gens seuls, des « solitudes » de hasard. La passion est l'enchaînement du film.

Le Chinois pleure à les voir. Il dit tout bas le mot : adoration.

La mère a entendu. Elle dit que oui, que c'est ça... que c'est le mot entre ces deux enfants-là.

On entend la voix du frère aîné. Il s'adresse à la mère.

– Paulo devrait éviter de se montrer comme ça en public, il danse comme un pied... Il faut arrêter ça... qu'il en prenne son parti...

Personne n'a l'air d'avoir entendu, sauf, mais ce n'est pas sûr, elle, l'enfant.

Le petit frère et sa sœur ont fini de danser. Elle va retrouver le Chinois seul à sa table. Elle veut danser avec lui. Ils dansent.

Elle dit :

– J'ai eu peur tout à l'heure.

– Que je le tue ?

– Oui.

L'enfant recommence à sourire au Chinois. Elle dit :

– C'est impossible que tu comprennes.

– Je comprends un peu.

– Peut-être que tu as raison, que je ne t'aimerai jamais. Je le dis pour maintenant. Je ne dis rien d'autre. Pour maintenant, pour ce soir, je ne t'aime pas, et je ne t'aimerai jamais.

Le Chinois ne répond rien.

L'enfant dit encore.

– J'aurais préféré que tu ne m'aimes pas. Que tu fasses comme d'habitude avec les autres femmes, pareil. C'était ça que je voulais. C'était pas la peine de m'aimer en plus.

Silence.

– On va tous partir, même Paulo. Sauf Thanh. Tu seras seul avec ta femme dans la maison bleue.

Il dit qu'il le sait aussi fort qu'il est possible de savoir.

Ils continuent de danser.

Le moment est recouvert.

Ils s'arrêtent de danser.

– Je voudrais que tu danses avec une des filles du dancing. Pour moi te voir une fois, avec une autre.

Le Chinois hésite. Puis il va inviter la plus belle des entraîneuses, celle qui a dansé avec Paulo.

C'est un tango.

L'enfant est adossée à la balustrade du dancing, face à eux : lui, cet homme du bac en tussor clair, cette élégance souple, estivale, ici de trop, déplacée. Humiliée.

Elle regarde.

Il est perdu dans la douleur. Celle de savoir qu'il n'a pas assez de force pour la voler à la loi. De savoir que rien n'y fera il le sait aussi, comme il a aussi ce savoir-là de lui-même que jamais il ne tuera le père, que jamais il ne le volera, que jamais il n'emportera l'enfant dans des bateaux, des trains pour se cacher avec elle, loin, très loin. Tout autant qu'il connaît la loi, il se connaît face à cette loi.

Le Chinois revient de danser.

L'enfant parle de l'argent, de l'horreur de ça sans quoi rien ne peut se faire, ni rester ni partir. Elle dit :

174

– Ce qu'il y a c'est les dettes. C'est vrai que toi, ça, tu peux pas savoir... ça rend fou. Les salaires de ma mère, ils servent à ça avant tout, à payer les intérêts des dettes. C'est ça la plus grosse dépense. Celle pour payer des rizières mortes, incultivables, volées, qu'on peut même pas donner en cadeau à des pauvres.

Le Chinois dit :

– Je veux te parler de ton frère Pierre. La semaine dernière, je l'ai vu devant la fumerie du fleuve. Il m'a demandé cent piastres. Je lui ai donné. Je crois qu'il va continuer à se droguer jusqu'à la mort et aussi qu'il fera des choses terribles. Il fera tout, le pire il le fera.

Le Chinois dit encore :

– Le pire ça sera en France quand il sera sans l'opium. Alors il prendra la cocaïne et alors il sera très dangereux. Il faut vraiment que ta mère enlève Paulo de devant lui et très vite... Toi aussi, il peut te prostituer et il le ferait sans hésiter pour acheter la drogue. Toi, il a encore peur de toi... mais pas pour longtemps. Pour moi c'est comme si vous viviez avec un assassin.

L'enfant raconte :

– Il a déjà essayé de me prostituer. C'était un médecin de Saigon qui était de passage à Sadec. Thanh l'a appris par le médecin lui-même... Thanh voulait le tuer.

L'enfant s'arrête de danser. Elle demande au Chinois :

– De lui donner cent piastres tu l'aurais fait pour n'importe qui...

– Oui.

L'enfant rit. Elle dit :

– Pourquoi ?

– Je ne sais pas bien. Peut-être pour qu'il soit plus supportable pour ta mère. Mais non. C'est parce que j'aime l'opium. C'est ça, rien d'autre. Je le comprends.

– On a tous pensé à le tuer, même ma mère. Cent piastres c'est le prix que je valais pour lui. C'était aussi le prix qu'il avait demandé au médecin de passage...

Silence. Il sourit. Il demande :

– Il te plaisait pas ?...

– Non. Avant toi c'était Thanh qui me plaisait.

Le Chinois le savait.

Il dit qu'il s'en va, qu'il va jouer aux cartes à Cholen. Que le chauffeur reviendra à La Cascade pour la chercher et aller à la garçonnière prendre l'argent. Elle dit :

– Je vais donner ce soir l'argent à Thanh. Il le donnera à ma mère à Sadec.

Fin de la danse. Le Chinois va saluer la mère. Il oublie de payer, puis s'en souvient : il va déposer cent piastres dans la soucoupe posée à cet effet sur la table qui était la leur. Le serveur prend l'argent, va faire la monnaie, revient, pose la monnaie dans la soucoupe. Le Chinois est parti, il a oublié la monnaie.

Alors, lentement le frère aîné se lève et va au bar. Puis il revient vers la soucoupe, laisse traîner sa main sur la table.

Seuls l'enfant et Thanh ont vu quand le frère aîné a pris l'argent. Ils rient. Ils n'en parlent pas. Ils rient. Quelquefois l'enfant et Thanh rient de voir le frère

176

aîné voler de l'argent. Ça y est : il l'a mis dans sa poche.

Ce soir-là il était effrayé à cause du serveur qui était allé à la table pour ramasser le pourboire et qui criait contre les clients qui *oubliaient le service*. Dès que le frère aîné l'avait vu, il était sorti attendre les autres dans la B12, en déclarant que lui, il s'en allait. L'enfant avait oublié : le frère aîné est peureux. Elle a peur encore. Thanh a peur aussi pour le frère aîné.

Le jeune frère continue à danser comme si de rien n'était, il n'a pas vu la scène.

Le frère aîné revient et crie : Allez, allez, partons de cette boîte lamentable. Il s'affole, ordonne au petit frère de sortir immédiatement. L'enfant s'interpose entre les deux frères. Elle dit qu'il attendra que la danse soit terminée.

Le frère aîné attend.

La mère est ivre. Elle rit de tout, du vol de l'argent par son fils, de la peur de son fils, de son affolement comme s'il s'agissait là d'une comédie très comique, très vivante, sportive, qu'elle connaît par cœur et qui la réjouit toujours – comme le ferait l'inconséquence d'un enfant.

Le frère aîné s'en va de nouveau dans la cour de La Cascade.

Quelqu'un de La Cascade vient prévenir : le dancing va fermer. La musique cesse. Le bar ferme.

L'enfant dit à Thanh :

– Nous sommes vraiment une famille de voyous.

Thanh dit que ça ne fait rien, il rit.

L'enfant dit à Thanh qu'elle va chercher l'argent avec lui dans la garçonnière, qu'il la retrouvera dans

177

la rue Lyautey vers les fossés de la prostitution d'Alice. Il voit où c'est. Il se souvient de l'histoire que lui a racontée l'enfant, celle d'Alice et des inconnus en auto qui s'arrêtaient là où elle dit.

L'enfant parlait de tout avec Thanh, sauf de son histoire avec le Chinois de Sadec. Et elle, de Thanh, elle ne parlait seulement qu'avec ce Chinois-là de Sadec.

Tout le monde est sorti du dancing.

La limousine est allumée à l'intérieur, comme une prison.

Elle est vide. Le chauffeur attend l'enfant.

Le frère aîné s'est endormi dans la B12.

La famille entière regarde et ne comprend pas où est passé le Chinois. Sauf Thanh et l'enfant qui ont le fou rire.

La mère et son fils aîné montent à l'arrière de la B12.

Le petit frère s'assied près de Thanh, comme toujours.

La portière de la Léon Bollée est ouverte par le chauffeur.

L'enfant monte à l'arrière.

La famille regarde, ahurie. Elle attend encore le Chinois, puis renonce à comprendre quand elle voit la petite sœur filer toute seule dans la Léon Bollée.

Elle rit. Le chauffeur aussi.

Le chauffeur dit en français :

– Mon maître a dit : on va à Cholen.

Le chauffeur s'arrête devant la garçonnière. Il va ouvrir la porte. La jeune fille descend, entre doucement dans la garçonnière. Elle fait comme si quelqu'un dormait, elle referme la porte pareil. Elle regarde : il n'y a personne. C'est la première fois. Elle prend son temps.

Une enveloppe de grand format est sur la table, entrouverte.

Elle ne la prend pas tout de suite. Elle s'assied dans le fauteuil près de la table. Elle reste ainsi, enfermée avec l'argent.

Dehors le chauffeur a éteint le moteur de la Léon Bollée.

Le silence est presque total, sauf les chiens qui toujours crient au loin, vers les racs. Dans la grande enveloppe, il y en a deux autres, celle pour la mère et celle pour Thanh. Les liasses portent encore les agrafes de la banque. L'enfant ne les sort pas des enveloppes, elle les repousse au contraire dans le fond de la grande enveloppe jaune qui contient le tout.

Elle reste encore là. Sur le fauteuil il y a le peignoir noir de l'amant, funèbre, effrayant. Le lieu est pour toujours déjà quitté. Elle pleure. Toujours assise. Elle est seule avec l'argent, elle est émue par elle-même devant l'argent qu'elle a réussi à prendre au-dehors. Avec la mère elles ont fait ça : elles ont pris : l'argent. Doucement, tout bas, elle pleure. D'intelligence. D'indicible tristesse. Pas de douleur, non rien de ça.

179

Elle prend son cartable. Elle met l'enveloppe dans le cartable. Elle se lève. Elle éteint la lumière. Elle sort.

On reste là où elle était.

Ça s'éteint dans la garçonnière.

On entend la clé dans la serrure. Puis le moteur de la Léon Bollée. Puis son éloignement, sa dilution dans la ville.

La pension Lyautey.

La cour est vide.

Comme chaque soir, vers les réfectoires, les jeunes boys chantent et jouent aux cartes.

L'enfant enlève ses souliers, elle monte au dortoir. Les fenêtres sont ouvertes du côté de la rue derrière la pension.

Quelques jeunes filles sont aux fenêtres pour regarder la prostitution d'Alice qui a lieu dans le fossé de cette rue-là, non éclairée. Avec les pensionnaires il y a aussi deux surveillantes qui regardent. C'est une des dernières rues de Saigon, celle du pensionnat des jeunes métisses abandonnées par leur père de race blanche *.

L'enfant s'approche et regarde la rue. La gesticulation d'un homme sur une femme. L'homme et les femmes sont habillés en blanc.

---

* Dans la grande rizière de Camau, la fin du marécage de la Cochinchine, les fonctionnaires blancs étaient alors obligatoirement tenus d'être sans leur femme à cause du paludisme et de la peste qui étaient à l'état endémique dans la plaine des Oiseaux fraîchement émergée de la mer.

180

La prostitution a eu lieu. Alice et son amant se relèvent.

Hélène Lagonelle est parmi les jeunes filles qui regardent.

L'enfant va se coucher. Hélène Lagonelle et les autres jeunes filles vont de même se coucher.

Alice revient. Elle traverse le dortoir, elle éteint, se couche.

L'enfant se lève. Elle traverse le couloir, la cour, sort. Elle va jusqu'à la rue de son rendez-vous avec Thanh.

Elle appelle très doucement le nom chanté de Thanh.

L'enfant et Thanh.

De derrière la pension Thanh sort de l'ombre. Elle va vers lui. Ils s'enlacent. Sans un mot. Elle dit qu'elle a l'argent.

Ils vont chercher la B12 derrière la pension.

Elle va à l'arrière, s'allonge. Ils se regardent. Il sait.

Il ne dit rien, il va vers le jardin zoologique. Il n'y a personne. Il arrête la voiture près de la clôture, derrière la fauverie. Elle dit :

— Avant je venais ici toute seule le jeudi. Et puis après je suis venue avec toi.

Ils se regardent. Thanh dit :

— Tu es sa maîtresse.

— Oui... Tu espérais que non.

— Oui.

Le petit chauffeur gémit. Il parle en vietnamien. Il ne la regarde plus. Elle dit :

181

– Viens Thanh.

– Non.

– On veut ça depuis toujours toi et moi... viens... tu ne dois plus avoir peur... Viens avec moi, Thanh.

– Non. Je ne peux pas. Tu es ma sœur.

Il vient. Ils s'embrassent, se respirent. Pleurent. S'endorment sans s'être pris.

L'enfant se réveille. C'est encore la nuit noire. Elle appelle Thanh, elle lui dit qu'il faut aller à l'hôtel Charner avant le jour.

Elle retombe dans le sommeil.

Thanh la regarde dormir pendant un long moment et puis il va dans la direction de l'hôtel Charner.

Hôtel Charner. La chambre.

Le petit frère est là. Il dort.

Thanh dédouble le deuxième lit. Il se couche sur le sommier.

Ils parlent de la mère, tout bas. Il a parlé avec la mère de Pierre. Il raconte à l'enfant :

– La semaine dernière, Pierre il a encore volé les gens de la *Fumerie du Mékong*. Elle m'a dit que s'il ne remboursait pas il irait en prison. L'idée de la prison c'est terrible pour elle. Même s'il faut qu'il parte vite en France, elle, elle doit payer la fumerie. Ça finira avec le départ. Il faut qu'elle garde l'argent pour ça aussi – rembourser la fumerie. Je sais pas comment elle devient pas folle, la mère.

L'enfant dit :

– Elle devient folle. Tu le sais.

– Oui. Je sais.

L'enfant dit encore :

– Oui. Ne dis rien à la mère de cet argent. Elle le laisserait voler par Pierre le soir même.

– Je sais tout ça. J'irai payer moi-même la fumerie. Après je remettrai le reste dans la cachette.

Silence. L'enfant regarde Thanh. Elle lui dit :

– Toute ma vie j'aurai envie de toi.

Elle donne la grande enveloppe de l'argent à Thanh qui l'enferme dans un petit foulard avec des nœuds, il la noue autour de sa taille, il serre les nœuds du foulard. Après ça, il dit :

– Il peut toujours essayer de le prendre.

L'enfant dit :

– Même à moi il ne faut pas dire où tu as caché l'argent.

Thanh dit que même à Paulo qui n'a pas la mémoire, il ne le dirait jamais.

L'enfant regarde Thanh qui s'endort.

Quand ils allaient au barrage dans la B12, Thanh chantait pour endormir l'enfant. Et il disait : pour chasser la peur des démons, chasser la peur de la forêt, celle des tigres aussi, des pirates et de toutes les autres calamités des frontières asiatiques du Cambodge.

Thanh s'endort. L'enfant caresse le corps de Thanh. Elle pense à la forêt du Siam et elle pleure.

Alors Thanh se laisse faire par l'enfant, il chante encore pour elle – elle pleure, elle lui demande pourquoi il ne veut pas d'elle. Il rit. Il dit qu'il a en lui la peur de tuer les hommes et femmes à peau blanche, qu'il doit faire attention à lui.

C'est de nouveau Cholen.

Quelquefois le chauffeur arrive seul à la garçonnière. Et quelquefois le Chinois n'est pas encore là. Il arrive on ne sait d'où, le Chinois, comme un visiteur, pour visiter l'enfant.

La garçonnière n'est presque jamais fermée même la nuit. Le Chinois ne ferme pas. Il dit qu'ils se connaissent avec les voisins. Souvent, avant elle, ils faisaient des fêtes ensemble, avec les voisins de la rue et aussi avec ceux d'autres rues. Après, il l'avait connue et les fêtes avaient disparu. L'enfant avait demandé s'il regrettait ces fêtes-là. Il avait dit qu'il ne savait pas.

Un soir, un des derniers soirs, l'auto noire n'est pas dans la rue du lycée. Elle a très peur. Elle va à Cholen en « pousse-pousse ». Il est là. Seul. Il dort. Il est dans une pose très jeune, recroquevillé dans son sommeil. Elle, elle sait qu'il ne dort pas. Elle le regarde longuement sans s'approcher. Il fait celui qui se réveille. Il lui sourit. Il la regarde longuement sans dire un mot. Et puis il tend les bras et elle vient et il la couche contre son corps. Et puis il la lâche. Il dit qu'il ne peut pas. C'est après ça que l'idée de la séparation entre dans la chambre et reste là, comme une puanteur, à fuir.

Il dit que son corps ne voulait plus de celle qui partait et qui laissait son corps à lui si seul et pour toujours. Toujours.

Il ne parlait pas de la douleur. Il la laissait faire. Il disait que son corps s'était mis à aimer cette douleur et qu'elle avait remplacé le corps de l'enfant.

C'était une chose qui était restée obscure pour elle. Il s'en expliquait mal.

On aurait pu dire, oui, qu'il l'avait aimée comme un fou à en perdre la vie. Et que maintenant il n'aimait plus que le savoir stérile de cet amour, celui qui faisait souffrir.

Mais chaque soir le chauffeur attendait l'enfant dans la Léon Bollée.

Il la prend dans ses bras. Il demande s'il n'y a pas une heure à laquelle les portes de la pension ferment. Elle dit que oui – bien sûr – mais qu'on peut passer par la porte du gardien. Elle dit :

– Il nous connaît. Et s'il n'entend pas, on va derrière les cuisines, on appelle un boy et il ouvre la porte pareil.

Il sourit. Il dit :

– Ils vous connaissent tous, les boys.

– Oui. On rentre, on sort quand on veut. On est

comme des frères et sœurs. Avec eux je parle l'anna-
mite, ils font aucune différence.

La colère s'empare de l'enfant, elle apparaît tout à
coup et à peine contenue. Elle dit :

– Si j'étais obligée de rentrer tous les soirs, ma
mère le sait, je prendrais mon petit frère et Thanh et
je me sauverais à Prey-Nop. Au barrage.

Le Chinois demande où c'est exactement. Elle dit
que ça ne fait rien qu'il ne sache pas. Il répète :

– Au barrage. Avec Paulo et Thanh. Elle dit que
c'est comme le paradis.

Elle dit oui, que c'est ça, le paradis *.

Il demande :

– Il t'arrive de ne pas rentrer du tout à la pension ?

– Non. Sauf quand ma mère vient, je te l'ai dit, je
vais avec elle à l'hôtel Charner. Au cinéma c'est rare
quand je suis seule. Mon petit frère vient souvent
avec Thanh, on y va ensemble.

– Quelquefois tu allais seule avec Thanh au barrage ?

– Quelquefois souvent. Pour les semis ou pour
payer les ouvriers, après les pluies.

Elle raconte qu'ils dormaient ensemble sur le
même lit de camp, qu'elle était encore trop petite
pour qu'il la prenne. Qu'ils jouaient à ça, à souffrir de
ne pas pouvoir. À pleurer de ce désir-là – elle ajoute :
après il a fait de la politique, et il m'a aimée.

Le Chinois n'intervient plus. Il la laisse parler. Il la

* Ce rêve a duré des années après le départ de l'enfant : revoir
Prey-Nop, la piste de Réam. La nuit. La route de Kampot aussi
jusqu'à la mer. Et les bals de la cantine du port de Réam et les
danses, *Nuits de Chine, Ramona*, avec les jeunes étrangers qui faisaient de la contrebande sur la côte.

186

regarde. Elle sait : Ce n'est pas elle qu'il regarde mais les premiers rangs de l'Éden-Cinéma où vont chaque soir les jeunes métisses échappées des dortoirs de Lyautey.

Elle dit :

– Avec Hélène je vais rarement au cinéma, elle s'ennuie, elle comprend rien au cinéma. Ce qu'il y a, tu comprends, c'est que nous, on paye pas à l'Éden. Avant, quand ma mère était à Saigon en attendant sa nomination dans un poste, elle jouait du piano à l'Éden. Alors maintenant la direction nous fait entrer gratis... J'oublie, je vais aussi avec mon professeur de mathématiques au cinéma.

– Pourquoi lui ?

– Parce qu'il me le demande. C'est un jeune. Il s'ennuie à Saigon.

– Il te plaît...

L'enfant, dubitative :

– Moyen...

– Et Thanh ?

Elle a l'air de réfléchir. Elle dit :

– Comment dire ça... il me plaît mille fois plus que le professeur de mathématiques. Beaucoup, beaucoup il me plaît. Tu le sais.

– Oui.

– Pourquoi tu me demandes alors...

– Pour souffrir de toi.

Elle est douce tout à coup. Elle dit qu'elle aime beaucoup parler de Thanh.

Il dit que lui aussi il aime Thanh beaucoup, que c'est impossible de ne pas l'aimer.

Elle dit aussi qu'un jour Thanh retournera dans

187

son village de montagne de la Chaîne de l'Éléphant qui est vers le Siam. Il sera tout près des terres du barrage.

Ils sont vers l'arroyo des Messageries maritimes où ils vont chaque soir depuis la grande chaleur.

Le chauffeur s'arrête devant une sorte d'étal recouvert de branchages. Ils boivent le choum.

Le Chinois regarde l'enfant, il l'adore, il le lui dit :

– Je t'adore, il n'y a rien à faire – il sourit – même avec la souffrance.

Le chauffeur boit avec eux. Dans ces endroits-là ils boivent tous les trois le choum, ils rient ensemble sauf que jamais, de lui-même, le chauffeur ne parle à l'enfant.

Elle regarde le Chinois, elle veut lui dire quelque chose. Il le sait :

– Qu'est-ce qu'il y a ?

Elle dit que ce soir elle voudrait rentrer à la pension.

– Pour Hélène elle dit, sans ça elle m'attend, et si je ne viens pas, elle est triste. Et elle ne dort pas.

Le Chinois la regarde :

– Ce n'est pas vrai.

– Tu as raison, ce n'est pas vrai du tout.

Elle dit :

– Ce qui est vrai c'est que j'ai envie d'être toute seule, une fois. Pour penser à toi et moi. À ce qui est arrivé.

– Et aussi à rien.

– Oui – et aussi à rien.

– À ce que tu vas devenir, non, je suis sûr que tu penses jamais à ça, à ce que tu vas devenir.

– Jamais, c'est vrai.

Il dit qu'il le savait.

Elle sourit à son amant, elle le retrouve, elle se cache contre son corps. Elle dit :

– Avec notre histoire, je crois que ma vie a commencé. La première de ma vie.

Le Chinois caresse les cheveux de l'enfant. Il dit :

– Comment tu sais...

– À ça, que quelquefois j'ai envie de mourir, de souffrir, j'ai envie d'être toute seule – sans toi pour t'aimer et souffrir de toi et penser à des choses que je ferai.

Elle lève les yeux sur lui et elle dit :

– Comme toi tu as envie aussi d'être seul.

– Oui – il ajoute – moi c'est quand tu dors la nuit que je te quitte.

Elle rit. Elle dit :

– Moi c'est la nuit aussi mais toi je croyais que c'était quand tu parlais en chinois.

Elle détourne son visage. Elle raconte :

– Le mois dernier j'ai cru que j'attendais un enfant. J'avais un retard de mes règles de presque une semaine. D'abord j'ai eu peur, on a peur on ne sait pas bien pourquoi, et puis quand le sang est revenu... j'ai regretté...

Elle se tait. Il la prend contre lui. Elle tremble. Elle ne pleure pas. Elle a froid d'avoir dit ça.

– J'avais commencé à imaginer comment il serait. Je l'ai vu. C'était une espèce de Chinois comme toi. Tu étais là avec moi, tu jouais avec ses mains.

189

Il ne dit rien. Elle demande si son père aurait cédé dans le cas de cet enfant.

Le Chinois se tait.

Puis il répond. Il dit que non, que ç'aurait été dramatique mais qu'il n'aurait jamais cédé.

L'enfant le regarde pleurer. Elle pleure à son tour en se cachant de lui. Elle dit qu'ils se reverront, que ce n'est pas possible autrement... Il ne répond pas.

L'enfant traverse la grande cour de la pension Lyautey.

Dans le fond du couloir vers les cuisines, la lampe des boys est allumée. Le boy qui chante est celui du paso doble. Ce soir il chante un air qu'elle, l'enfant, elle connaît par cœur, celui que Thanh chantait à l'aube au sortir de la forêt, avant Kampot.

L'enfant aimait ces traversées de la grande cour de la pension Lyautey, les préaux, les dortoirs, la peur aussi en pleine nuit, ça lui plaisait. Et le désir des jeunes boys pour les jeunes filles blanches qui rentraient tard la nuit, ça lui plaisait aussi de la même façon.

Dans le lit à côté du sien, Hélène Lagonelle dort.

L'enfant ne la réveille pas. Elle aussi l'enfant, dès qu'elle ferme les yeux, elle tombe de même dans le sommeil commun, vertigineux, des enfants.

La garçonnière.

Ils sont dans le lit, l'un contre l'autre. Ils ne se regardent pas. La douleur du Chinois est terrible. Pour l'enfant la peur de Long-Hai commence à se produire presque tous les soirs dans la garçonnière. La peur d'en mourir.

Ce soir c'est d'Hélène Lagonelle qu'elle lui parle. Elle dit qu'elle voudrait l'amener là. Qu'il la prenne. Si c'est elle qui le lui demande Hélène Lagonelle viendra.

— Je voudrais beaucoup ça, que tu la prennes comme si je te la donnais... je voudrais ça avant qu'on se quitte.

Il ne comprend pas. On dirait que ses paroles le laissent indifférent. Il ne la regarde pas. Elle pleure tout en parlant. Il regarde ailleurs, la rue, la nuit.

Elle dit :

— Ce serait un peu comme si c'était ta femme... comme si elle était chinoise... et qu'elle m'appartenait et que je te la donne. Ça me plaît de t'aimer avec cette souffrance de moi. Je suis là avec vous deux. Je regarde. Je vous donne la permission de me tromper. Hélène a dix-sept ans. Mais elle ne sait rien. Elle est belle comme jamais j'ai vu. Elle est vierge. Elle est à devenir fou... Elle le sait pas. Rien, elle sait rien.

Le Chinois se tait. L'enfant crie :

— Je la désire pour toi, beaucoup... et je te la donne... tu comprends ou quoi ?...

191

Elle a crié. Le Chinois parle tout seul. Il ne parle pas d'Hélène mais de sa douleur.

– Je comprends plus rien, je ne comprends pas comment c'est arrivé... comment j'ai accepté ça de mon père, le laisser assassiner son fils comme il a fait.

Silence. L'enfant se couche sur le corps de son amant. Elle le frappe. Elle crie :

– Elle est très triste, elle aussi, Hélène... elle le sait même pas qu'elle est triste... Toutes les pensionnaires sont amoureuses d'elle, Hélène. Les surveillantes, la directrice, les professeurs. Tout le monde. Elle s'en fiche. Peut-être qu'elle ne le voit pas, qu'elle ne le sait pas. Mais te voir elle peut. Tu la prendrais comme moi tu me prends, avec les mêmes mots. Et puis après, une fois, tu confondrais elle et moi. Quand vous êtes en train de m'oublier, je vous regarde et je pleure. Il reste dix jours avant le départ. Je ne peux pas y penser tellement c'est fort l'image d'elle et de toi...

Le Chinois crie :

– Je ne veux pas d'Hélène Lagonelle. Je ne veux plus rien.

Elle se tait. Il s'endort. Il dort dans l'air chaud du ventilateur. Elle dit son nom tout bas : la seule fois. Elle s'endort. Il n'a pas entendu.

Dans la nuit noire tout à coup la pluie est arrivée. L'enfant dormait.

Le Chinois avait dit calmement comme du fond du temps, du désespoir :

– La mousson a commencé.

Elle s'était réveillée. Elle avait entendu.

Cette pluie versait sur la ville. Elle était une rivière entière qui recouvrait Cholen.

L'enfant s'était rendormie.

Le Chinois doucement avait dit à l'enfant de venir voir la pluie de la mousson, combien elle était belle et désirable, surtout de nuit pendant la canicule qui la précédait. Elle avait ouvert les yeux, elle ne voulait rien voir, elle les referme. Elle ne veut rien voir. Non, elle dit.

Elle s'était retournée vers le mur *.
Il est très songeur, très seul.
Ils sont très seuls. Déjà privés l'un de l'autre. Éloignés déjà.
Silence.
Et puis il pose la question rituelle. Déjà ils parlent pour parler. Ils tremblent. Leurs mains tremblent.
  — Qu'est-ce que tu vas devenir en France?
  — J'ai une bourse, je ferai des études.

* Elle ne sait plus pour ce soir-là de la première pluie de la mousson où ils étaient. Peut-être encore au café du rac à boire du choum ou à la fauverie du Jardin des Plantes à écouter les panthères noires pleurer la forêt, ou là, dans cette garçonnière. Elle se souvient de la résonance de la pluie dans la galerie qui écrasait le corps sans l'atteindre, cette aise soudaine du corps libéré de la douleur.

– Qu'est-ce qu'elle veut ta mère pour toi ?

– Rien. Elle voulait tout pour ses fils. Alors pour moi elle veut plus rien. Paulo... peut-être qu'elle le gardera avec elle... Moi ce que j'aurais voulu c'est qu'il reste avec Thanh, là, dans le bungalow du barrage.

Le Chinois demande des choses sur Thanh.

– Sa famille vient d'où ?

– Il ne sait pas. Il était trop petit quand ma mère l'a emmené. C'est curieux, il ne se souvient pas de ses parents, de rien mais seulement des petits frères et sœurs. Et de la forêt.

– Il n'a pas cherché à savoir pour ses frères et sœurs.

– Non. Il dit que c'était impossible qu'ils aient vécu.

Silence.

Avec brutalité elle se met sur lui. Reste là, contre son corps.

Ils pleurent.

Elle dit, elle demande :

– On ne se reverra jamais. Jamais ?

– Jamais.

– À moins que...

– Non.

– On oubliera.

– Non.

– On fera l'amour avec d'autres gens.

– Oui.

Les pleurs. Ils pleurent, très bas.

– Et puis un jour on aimera d'autres gens.

– C'est vrai.

Silence. Ils pleurent.

– Puis un jour on parlera de nous, avec des nouvelles personnes, on racontera comment c'était.

– Et puis un autre jour, plus tard, beaucoup plus tard, on écrira l'histoire.

– Je ne sais pas.

Ils pleurent.

– Et un jour on mourra.

– Oui. L'amour sera dans le cercueil avec les corps.

– Oui. Il y aura les livres au-dehors du cercueil.

– Peut-être. On ne peut pas encore savoir.

Le Chinois dit :

– Si, on sait. Qu'il y aura des livres, on sait.

Ce n'est pas possible autrement.

Le bruit de la pluie de nouveau en pleine nuit.

Leurs corps sur le lit. Ils sont dans le même enlacement, cette fois endormis.

On les voit, ils sont très sombres à cause du ciel noir de la mousson – ce qui fait les reconnaître aussi c'est la petite taille de l'enfant allongée contre celle, longue, du Chinois du Nord.

Un réveil sonne dans la garçonnière éteinte.

L'enfant se lève. Regarde dehors. La lumière n'est pas encore celle du jour. Se souvient. Et pleure.

Elle se douche. Elle se presse tout en pleurant. Elle regarde le réveil. Il est très tôt, pas encore six heures. Il a dû se souvenir et dire au chauffeur de mettre le réveil.

Le ciel est encore à la nuit, sombre.

Le chauffeur ouvre la porte. Il lui donne une tasse de café et un gâteau chinois.

Elle se souvient. Elle avait oublié le départ du frère aîné.

Le chauffeur doit la conduire au port des Messageries maritimes.

Le chauffeur prend le chemin des arroyos. Il roule vite.

On les retrouve devant les grilles extérieures des Messageries.

Il y a là Thanh et le petit frère, face à la grande plate-forme du quai de départ.

Le soleil se lève dans un ciel indifférent, gris.

Sur le quai, il y a le bateau en partance : un paquebot à trois classes. C'est celui-là.

Derrière la grande grille, il y a l'enfant et Thanh « enfermés dehors ». L'enfant les rejoint.

Devant la grille, seule, il y a la mère avec son fils aîné. Pierre, celui qui part.

Il y a là seulement quelques autres personnes de race blanche.

On dirait un départ de bagnards.

196

Mêlés aux « passagers du pont », il y a des policiers indigènes en uniforme kaki, pieds nus.

Il y en a toujours près des paquebots en partance. À cause des trafiquants d'opium, des évadés des prisons, des resquilleurs, la racaille de toutes les races, de tous les trafics.

Le pont des première et deuxième classes est occupé par les Hindous qui descendront à Colombo et d'autres passagers de couleur indécise qui devraient descendre à Singapour.

C'est un départ ordinaire.

Sur le pont inférieur du bateau il y a le frère aîné. Il est descendu du pont de première classe pour être plus près de la mère.

Elle fait comme si elle ne le voyait pas. Il essaie de rire comme il le ferait d'une plaisanterie. Il ne voit pas sa sœur et son frère. Il regarde cette femme qui a honte, sa mère, et il éclate en sanglots.

C'est sa première séparation d'avec elle. Il a dix-neuf ans.

L'enfant et le petit frère pleurent l'un contre l'autre, scellés dans un désespoir qu'ils ne peuvent partager avec personne. Thanh les tient enlacés, il caresse leurs visages, leurs mains. Il pleure de leurs pleurs, il pleure aussi des pleurs de la mère. D'amour pour l'enfant.

La mère. Elle est tournée vers le bateau. On ne voit pas son visage. Elle se retourne. Elle vient vers les grilles, s'appuie à la grille à côté des enfants qui lui restent. Elle, elle pleure sans bruit, tout bas, elle n'a plus de force. Elle est déjà morte. Comme Thanh elle caresse le corps de ses deux enfants séparés de l'autre,

197

leur frère aîné, cet enfant perdu par l'amour de sa mère, celui raté par Dieu.

La sirène du bateau a retenti.

La mère devient folle.

La mère se met à courir. Elle se sauve vers le bateau.

Thanh ouvre la grille et la rejoint. Il la prend dans ses bras. Elle ne résiste pas. Elle dit :

– Je ne pleure pas parce qu'il part... je pleure parce qu'il est perdu, c'est ça que je vois, qu'il est déjà mort... que je ne veux pas le revoir, ce n'est plus la peine.

Tandis que le bateau s'éloigne, Thanh l'empêche de voir. Le frère aîné s'éloigne, tête baissée, il quitte le pont, il ne regardera plus sa mère.

Il disparaît à l'intérieur du bateau.

Ils étaient restés longtemps là, enlacés tous les trois.

Et puis Thanh a lâché la mère. Elle n'a plus regardé. Elle sait que déjà ce n'est plus la peine. Que déjà on ne distingue plus rien, ni les corps ni les visages. Thanh est le seul à pleurer encore. Il pleure sur l'ensemble. Sur lui-même aussi, l'orphelin ramené à son seul statut d'enfant abandonné.

La porte de la garçonnière est ouverte. Elle entre. Le Chinois fume l'opium. Il est indifférent à l'enfant.

Elle vient près de lui, s'allonge là, contre lui, mais à peine, sans presque le toucher.

Elle pleure par à-coups. Il la laisse. Elle est douce, comme distraite de lui. Il le sait.

Silence. Il dit :

– C'est fini.

– Oui.

– J'ai entendu les sirènes.

Il dit aussi :

– C'est seulement triste. Il ne faut pas pleurer. Personne n'est mort.

L'enfant ne répond pas, désormais indifférente, on le dirait.

Et puis elle dit une chose qu'elle a apprise de Thanh ce matin même. C'est que la mère, elle a mis son fils en pension chez leur ancien tuteur, loin, en Dordogne. Qu'elle ne le reverra pas quand elle viendra en France. Que c'était pour ça aussi qu'elle était tellement désespérée de le quitter. Elle dit :

– Elle a des remords, beaucoup, de nous avoir abandonnés pendant des années, Paulo et moi. Elle croit que c'est grave.

Le Chinois parle de son mariage pour que l'enfant oublie le départ du frère aîné. Il dit :

– Ma femme, elle vient à Sadec. C'est la dernière visite avant le mariage. Il faut que j'aille à Sadec pour la visiter.

L'enfant a entendu. Elle est là tout à coup, devant lui, prête à écouter l'histoire, celle plus forte que la sienne, plus captivante, celle de tous les romans, celle de sa victime à elle, l'enfant : *L'autre femme* de l'histoire, encore invisible, celle de toutes les amours.

Le Chinois voit que l'enfant est revenue à lui, qu'elle écoute. Il continue à raconter tout en la caressant. Il dit encore : Tu le sais, ça se passe comme ça s'est passé il y a dix mille ans en Chine.

Elle demande de raconter quand même encore.

— Quand j'ai vu ma femme pour la première fois elle avait dix ans. J'avais vingt ans. Nous avons été désignés par les familles quand elle avait six ans. Je ne lui ai jamais parlé. Elle est riche, comme moi. Nos familles nous ont désignés avant tout pour ça, l'équivalence de nos fortunes. Elle est couverte d'or — il sourit — de jade, de diamants, comme ma mère.

L'enfant écoute comme il le désire. Elle demande :

— Et pour quoi d'autre ils l'ont désignée ?

— Pour la grande moralité de sa famille.

L'enfant sourit, un peu moqueuse. Le Chinois sourit à son tour. Il dit :

— J'oublie quelquefois comme tu es petite encore, une enfant... C'est quand tu écoutes les histoires que je me souviens...

Elle se tient toujours près de lui sur le lit de camp. Elle cache sa figure contre sa poitrine. Elle est malheureuse.

Elle ne pleure pas. Elle ne pleure plus. Le Chinois dit tout bas :

— Mon amour... ma petite fille...

L'enfant touche le front du Chinois :

– Tu es chaud comme si tu avais la fièvre.

Le Chinois la regarde à bout de bras pour mieux la voir. Il la regarde « pour toujours en une fois » avant la fin de l'histoire d'amour.

Il dit :

– Tu veux me dire quelque chose...

– Oui. Je t'ai menti. J'ai eu quinze ans il y a dix jours.

– Ça ne fait rien.

Il hésite et puis le dit :

– Mon père le savait. Il m'a dit.

L'enfant crie :

– C'est dégoûtant à la fin ton père.

Il sourit à l'enfant, il ajoute :

– Les Chinois ils aiment aussi les petites filles, ne pleure pas. Je le savais.

Elle dit :

– Je ne pleure pas.

Elle pleure.

Il dit :

– Moi aussi je voulais te dire quelque chose... j'ai fait porter de l'opium à ton frère. Il était sans aucun opium comme mort... Il pourra fumer un peu sur le bateau... Je lui ai fait donner un peu d'argent pour lui tout seul.

Elle s'éloigne de lui, farouche, tout à coup. Elle ne répond rien. Il dit :

– J'aurais voulu pouvoir te prendre. Mais je n'ai plus aucun désir de toi. Je suis mort pour toi.

Silence. Elle dit :

– C'est bien comme ça.

– Oui. Je ne souffre pas du tout. Fais-le toi pour moi te regarder.

Elle le fait. Elle dit, dans la jouissance, son nom en chinois. Elle l'a fait. Ils se regardent, se regardent jusqu'aux larmes. Et pour la première fois de sa vie elle dit les mots convenus pour le dire – les mots des livres, du cinéma, de la vie, de tous les amants.

– Je vous aime.

Le Chinois se cache le visage, foudroyé par la souveraine banalité des mots dits par l'enfant. Il dit que oui, que c'est vrai. Il ferme les yeux. Il dit tout bas :

– Je crois que c'est ça qui nous sera arrivé.

Silence.

Il l'appelle encore.

– Ma petite fille... mon enfant...

Il embrasse sa bouche. Son visage, son corps. Ses yeux.

Un long silence est arrivé.

Il ne l'a plus regardée. Il a enlevé ses bras de son corps.

Il s'est écarté d'elle. Il n'a plus bougé. Elle prend peur comme de Long-Hai.

Elle se lève, enfile sa robe, prend ses souliers, son cartable et reste là au milieu de la garçonnière.

Il ouvre les yeux. Retourne son visage contre le mur pour ne plus la voir et dit dans une douceur qu'elle ne reconnaît plus :

– Ne reviens plus.

Elle ne sort pas. Elle dit :

– Comment on va faire...

– Je ne sais pas. Ne viens plus jamais.

Elle demande, elle dit :

– Plus jamais. Même si tu appelles.

Il n'avait pas répondu. Puis il l'avait fait. Il avait dit :

– Même si je t'appelle. Plus jamais.

Elle sort. Elle referme la porte.

Elle attend.

Il ne l'appelle pas.

C'est quand elle avait atteint l'auto qu'il avait crié.

C'était un cri sombre, long, d'impuissance, de colère et de dégoût comme s'il était vomi. C'était un cri parlé de la Chine ancienne.

Et puis tout à coup ce cri avait maigri, il était devenu la plainte discrète d'un amant, d'une femme. C'est à la fin, quand il n'a plus été que douceur et oubli, que l'étrangeté était revenue dans ce cri, terrible, obscène, impudique, illisible, comme la folie, la mort, la passion.

L'enfant n'avait plus rien reconnu. Aucun mot. Ni la voix. C'était un hurlement à la mort, de qui, de quoi, de quel animal, on ne savait pas bien, d'un chien, oui, peut-être, et en même temps d'un homme. Les deux confondus dans la douleur d'amour.

Un car sur une route : on reconnaît celui du bac.
L'enfant est dans ce car.
Elle va à Sadec. Elle va voir sa mère.

La porte est ouverte. On croit qu'il n'y a personne.
La mère est là, dans le salon, elle dort, allongée sur
son rocking-chair. Elle est dans le courant d'air de la
porte. Elle a les cheveux défaits. Près d'elle,
accroupi, le long du mur, il y a Thanh. L'enfant
entre. La mère se réveille. Elle voit sa fille. Elle a un
sourire très doux, légèrement moqueur. Elle dit :
– Je savais que tu viendrais. Tu avais peur de
quoi ?
– Que tu meures.
– C'est le contraire. Je me repose. C'est comme
des vacances. Je n'ai plus peur qu'ils se tuent... Je suis
heureuse.
La voix se brise. Elle pleure. Silence. Elle se met à
regarder sa fille. Elle rit en pleurant comme si elle la
découvrait.
– Qu'est-ce que c'est ce chapeau...
La jeune fille en pleurant sourit à sa mère.
La mère sourit aussi, réfléchit, elle ne voit pas les
pleurs de sa fille, elle voit le chapeau.
– Remarque... ça te va pas mal. Ça change. C'est
moi qui t'ai acheté ça ?
– Qui veux-tu d'autre – elle sourit – il y a des jours
où on peut te faire acheter ce qu'on veut.
– C'était où ?
– Rue Catinat, c'était des soldes soldés.
La mère a l'air d'avoir bu. Elle change de conver-
sation brusquement. Elle demande :

– Qu'est-ce qu'il fera Paulo...

L'enfant ne répond pas, la mère insiste :

– Il y a des choses qu'il pourrait faire quand même... Maintenant qu'il n'aura plus peur.

L'enfant dit qu'il aura peur toute sa vie.

La mère pose la question à Thanh :

– D'après toi qu'est-ce qu'il pourrait faire Paulo plus tard...

Thanh répond à l'enfant :

– Il peut être comptable. Il compte bien. La mécanique aussi il peut. Il est très capable pour les automobiles... Mais c'est vrai qu'il gardera la peur toute sa vie.

La mère ne veut pas parler de cette peur. Elle dit :

– C'est souvent, ça... c'est vrai... que des enfants qui sont comme lui, en retard, soient très forts en calcul... des génies quelquefois – les larmes, de nouveau – Je l'ai pas assez aimé Paulo... tout vient de là peut-être...

Thanh dit :

– Non. Il faut pas penser comme ça. C'est dans le sang, dans la famille.

– Tu crois ?...

– Je suis sûr.

Silence. La mère dit à sa fille :

– Tu sais, j'ai abandonné. Le Cadastre a fini par accepter de me racheter les terres du haut avec le bungalow. Avec cet argent, je paierai les dettes.

Thanh regarde la jeune fille et lui fait signe que non, que ce que dit la mère n'est pas vrai. La mère ne voit pas Thanh. Le verrait-elle que ça lui serait égal.

Silence. L'enfant regarde les murs nus. Elle dit :

– Ils ont pris des meubles.

– Oui. L'argenterie aussi. Les cinq cents piastres qui restent, je les garde pour la France.

L'enfant sourit. Elle crie :

– On les donnera plus aux Chinois, aux Chettys. On paiera plus rien.

À son tour la mère sourit et elle crie :

– Oui. C'est fini tout ça. Fini. – Elle parle tout à coup comme ses enfants. – Ils peuvent se fouiller... Rien.

Ils rient les trois.

Paulo a entendu le rire et il est arrivé. Il s'assied près de Thanh, comme lui, adossé au mur. Et lui aussi il rit du rire de la mère encore inégalé, immense. Un « rire du Nord » disait le frère aîné.

L'enfant dit :

– Pour moi, faut pas s'en faire non plus, il y en aura bien un, une fois, qui m'épousera.

La mère caresse la tête de l'enfant. Paulo sourit à sa sœur.

Puis Thanh et Paulo sortent. Ils vont chercher le thé froid – sans sucre – que la mère prend tous les jours sur le conseil de Thanh – pour « se rafraîchir le sang ».

La mère et la fille restent seules.

La mère « rêve » à cette enfant qui est près d'elle, la sienne.

– C'est vrai... tu leur plais aux hommes. Tu dois le savoir. Et aussi que si tu leur plais c'est à cause de ce que tu es, toi. Et pas pour ta fortune parce que ta fortune c'est zéro à l'arrivée comme au départ...

Elles cessent de rire.

206

Et puis il y a un silence. Et la mère questionne l'enfant.

— Tu le vois encore...

— Oui. — Elle ajoute — Il m'a dit de ne plus revenir mais j'y vais quand même. On peut pas faire autrement.

— Alors... c'est pas seulement pour l'argent que tu le vois.

— Non... — l'enfant hésite — Pas seulement.

La mère étonnée, douloureuse tout à coup, dit tout bas .

— Tu te serais attachée à lui... ?

— Peut-être, oui.

— Un Chinois... c'est drôle...

— Oui.

— Tu es malheureuse alors...

— Un peu...

— Quel malheur... Mon Dieu quel malheur...

Silence. La mère demande.

— Tu es venue avec lui...

— Non. J'ai pris le car.

Silence. Puis la mère dit :

— J'aurais bien aimé le revoir cet homme-là, tu vois...

— Il n'aurait pas voulu.

— Ç'aurait pas été pour l'argent mais pour lui... L'argent — elle rit — j'en ai jamais autant gagné.

Elles rient. Leur rire est le même, jeune.

L'enfant regarde la place des meubles en bois de rose pris par les usuriers.

Elle demande si c'était bien des noisetiers et des

écureuils qui étaient sculptés sur les portes du meuble du salon.

Elle dit : J'ai déjà oublié.

La mère regarde les traces du meuble sur le mur. Elle ne sait plus elle non plus ce que c'était. Elle dit :

– À mon avis c'était des nénuphars, c'est toujours pareil ici, des nénuphars et des dragons. Quel bonheur de repartir sans rien, sans meubles, rien.

L'enfant demande :

– On part quand exactement ?

– Au plus tard dans six jours à moins d'un retard imprévu – silence – Au fait j'ai vendu mes lits aux Chettys. Cher. Ils étaient en très bon état. Je regretterai les lits coloniaux... en France les lits sont trop mous... je dors mal en France mais tant pis...

Silence.

La mère dit :

– Je n'emporte rien. Quel débarras... mes valises sont prêtes. Il me reste que les papiers à trier, les lettres de votre père, tes devoirs de français. Et puis il ne faut pas que j'oublie, les bons d'achat de la Samaritaine pour les affaires d'hiver. Tu ne le sais pas toi mais ça va vite être l'automne quand on sera en France.

La mère s'est endormie. L'enfant sort, visite, regarde, reconnaît des choses.

Thanh est à la cuisine, il lave le riz pour le soir. Paulo est près de lui.

On dirait un jour ordinaire d'avant toutes ces nouveautés survenues depuis les vacances dernières – il y a huit mois.

L'enfant visite la maison. Des meubles manquent. Dans la chambre de Dô, ils ont pris la vieille machine à coudre.

Les lits des chambres sont encore là, ils portent les étiquettes écrites en chinois.

L'enfant va dans la salle de bains. Elle se regarde. La glace ovale n'a pas été enlevée.

Dans la glace passe l'image du petit frère qui traverse la cour. L'enfant l'appelle tout bas : Paulo.

Paulo était venu dans la salle de bains par la petite porte du côté du fleuve. Ils s'étaient embrassés beaucoup. Et puis elle s'était mise nue et puis elle s'était étendue à côté de lui et elle lui avait montré qu'il fallait qu'il vienne sur son corps à elle. Il avait fait ce qu'elle avait dit. Elle l'avait embrassé encore et elle l'avait aidé.

Quand il avait crié elle s'était retournée vers son visage, elle avait pris sa bouche avec la sienne pour que la mère n'entende pas le cri de délivrance de son fils.

Ç'avait été là qu'ils s'étaient pris pour la seule fois de leur vie.

La jouissance avait été celle que ne connaissait pas encore le petit frère. Des larmes avaient coulé de ses yeux fermés. Et ils avaient pleuré ensemble, sans un mot, comme depuis toujours.

Ç'avait été cet après-midi-là, dans ce désarroi soudain du bonheur, dans ce sourire moqueur et doux de son frère que l'enfant avait découvert qu'elle avait vécu un seul amour entre le Chinois de Sadec et le petit frère d'éternité.

Le petit frère s'était endormi sur les dalles fraîches de la salle de bains.

L'enfant l'avait laissé là.

Elle était revenue vers la mère dans le salon.

Thanh est là de nouveau.

La mère boit le thé glacé et amer. Elle sourit à Thanh, elle dit que jamais elle ne boira du thé comme le sien en France.

Elle demande où est Paulo. Thanh dit qu'il ne sait pas bien, qu'il est sans doute allé à la nouvelle piscine municipale. L'enfant et Thanh ne se regardent pas depuis qu'elle est revenue dans le salon.

La mère demande à l'enfant si elle va encore au lycée. L'enfant dit que non. Sauf aux cours de français, pour le plaisir.

— Tu attends quoi ?

— J'attends rien.

La mère réfléchit. Elle dit :

— Oui... c'est le mot... On n'attend plus rien.

L'enfant caresse la figure de sa mère, elle lui sourit.

C'est ici que la mère dit à son enfant ce qui les sépare, ce qui les a toujours séparées.

— Je ne t'ai jamais dit... mais il faut que tu saches... Je n'avais pas ta facilité pour les études... Et puis moi, j'étais trop sérieuse, je l'ai été trop longtemps... c'est comme ça que j'ai perdu le goût de mon plaisir...

La mère dit encore à son enfant :

– Reste comme tu es. Ne m'écoute plus jamais. Promets-moi. Jamais.

L'enfant pleure. L'enfant promet :

– Je le promets.

La mère pour faire diversion, hypocrite tout à coup, parle du Chinois.

– On dit qu'il va se marier...

Pas de réponse de l'enfant. La mère dit avec douceur :

– Réponds-moi. Tu ne me réponds jamais.

– Je crois que oui. Qu'il va se marier. Ici, à Sadec... justement ces jours-ci... A moins qu'il casse tout à la dernière minute... ses fiançailles, les ordres de son père...

La mère est interdite. Elle crie :

– Tu l'en crois capable, de ça... ?

– Non.

La mère est accablée mais calme. Elle dit :

– Alors il n'y a plus aucun espoir...

– Plus aucun.

La mère, divagante, seule, mais toujours calme :

– Non... tu as raison... Les enfants chinois sont élevés dans le respect des parents... c'est comme des dieux pour eux... c'est même dégoûtant... Mais je pourrais peut-être lui parler une dernière fois, une dernière, dernière fois... non ? Je lui expliquerai... qu'est-ce que je risque... Je lui expliquerai notre situation très clairement. Qu'au moins il ne t'abandonne pas...

– Il ne m'abandonnera pas. Jamais.

La mère ferme les yeux comme si elle allait s'endormir.

Les yeux fermés. Elle dit :

– Comment tu peux savoir ?...

– Je le sais... comme on sait qu'un jour on mourra.

La mère pleure tout bas. Elle dit dans les pleurs * :

– Mais quelle histoire... Mon Dieu... quelle histoire... Et toi... toi, tu l'oublieras ?

L'enfant répond contre son gré :

– Moi... je ne sais pas, et même, je ne pourrais pas te le dire à toi.

La mère a un regard vif, jeune. Elle dit, délivrée de ne plus rien espérer :

– Alors dis rien.

La mère demande à sa fille :

– Il y a des choses que tu ne me dis pas... ou il n'y en a pas...

L'enfant baisse les yeux. Elle se reprend... dit qu'il y en a mais que c'est égal. La mère dit que c'est vrai. Que c'est complètement égal.

Paulo est revenu. La mère lui demande où il était. Paulo dit : A la piscine municipale. C'est le premier mensonge du petit frère.

L'enfant et Thanh sourient. La mère ne sait rien. Le petit frère s'est assis près de Thanh.

Thanh « dénonce » naturellement la conduite de la mère avec son fils aîné. La mère écoute ça comme autre chose, elle a l'air de trouver ça intéressant, naturel. Thanh la désigne du doigt. Il dit :

– Elle lui a donné cinq cents piastres en plus. Elle a été obligée. Elle a dit que sans ça il la tuait, il tuait sa mère. Et c'était vrai, elle, elle sait.

---

* L'auteur tient beaucoup à ces conversations « chaotiques » mais d'un naturel *retrouvé*. On peut parler ici de « *couches* » *de conversation juxtaposées*.

212

L'enfant regarde sa mère. Celle-ci est indifférente. Hypocrite, ouvertement.

L'enfant demande à Thanh ce qu'il a fait :

— Qu'est-ce que tu as fait ?

La mère écoute, intéressée. Thanh répond :

— J'ai écrit à son père que le fils aîné avait volé l'argent qui restait. Après son père me répond de venir le voir. Je suis allé. Il m'a donné encore cinq cents piastres pour elle. Elle a pris. Comme ça c'est réparé. Et Pierre il est parti, il ne peut plus la voler.

On dirait que la mère s'est endormie, lassée d'elle-même, par toutes ces histoires, la sienne comprise, auxquelles elle est mêlée sans clairement savoir comment, de quelle façon.

Paulo rit, malicieux, comme il rirait d'une farce. Il dit, il demande :

— Son père, il a tout payé.

L'enfant regarde la mère. Elle va l'embrasser. La mère éclate de rire en silence. Des petits cris sortent de son corps. Et puis tous rient. C'est un fou rire familial. Ils sont contents parce que le petit frère a parlé sans avoir été sollicité de le faire.

L'enfant demande si le père a tout payé... comme ça... sans conditions.

Thanh rit et il dit que la seule condition demandée par le père c'est qu'ils foutent le camp de la colonie.

Tous rient aux larmes, surtout Paulo. Thanh continue :

— Son père il écrit à notre mère pour lui dire que son fils il a fait des dettes dans toutes les fumeries de Sadec et même de Vinh-Long. Et comme il est

213

mineur, dix-huit ans, la mère elle est responsable pour les dettes de son fils. Si le père du Chinois il ne paye pas, c'est notre mère qui va perdre son travail et puis elle n'a plus de solde et puis à la fin elle va en prison.

La mère a écouté attentivement. Et puis tout à coup la voilà qui recommence à rire, qui crie de rire. Elle fait peur. Elle dit :

– Et si moi je ne voulais plus revenir en France ?

Personne ne répond à la mère. Comme si elle n'avait rien dit.

Et en effet elle ne dit plus rien.

L'enfant dit à Thanh – dans le « langage Thanh » :

– Le père, il a payé toutes les dettes à condition qu'on fout le camp, c'est ça ?

– C'est ça.

Le petit frère rit. Il répète lui aussi, lentement :

– A condition qu'on fout le camp.

Thanh rit comme un enfant. Il dit :

– C'est ça... Les cinq cents piastres aussi que Pierre il a volées, le père, il les a rendues pour lui, Pierre, parce que sans ça, Pierre, il ne peut plus fumer et que le manque c'est terrible. Il est couché toute la journée. Il peut se tuer. Alors le père il lui donne les cinq cents piastres. (Temps.) Après le père il a écrit à la mère une deuxième lettre en langue française pour lui dire qu'il faut qu'elle fout le camp, qu'il y en a assez comme ça de cette histoire-là, du frère, de l'opium, et encore et encore du frère, et de l'argent encore et encore... et le reste.

Éclat de rire général de la mère et de Thanh aussi et du petit frère et de l'enfant.

214

– Et dans la lettre – continue Thanh – il y a encore cinq cents piastres pour elle. Dans sa lettre le père il dit de rien dire de ça à la mère. Parce que son fils, à lui, il ne sait rien. Il ne veut pas que son fils il connaisse l'histoire de l'argent qu'il donne à la mère.

L'enfant, en souriant, demande à Thanh :
– Comment tu sais tout ça ?
– Parce que. Les gens, ils me parlent. Et moi j'ai la mémoire... j'ai la mémoire pour vous tous... même Pierre... même pour le père du Chinois... Quelquefois il me raconte l'histoire de sa famille quand ils se sauvent de la Chine, moi je m'endors, lui il continue.

Et tous de rire avec Thanh.

Et puis la mère a cessé d'écouter. Tout le monde va parler plus bas. Le passé ennuie la mère.

Et puis l'enfant va dans la cour. Elle s'adosse au mur du jardin. Et Thanh la rejoint. Ils se respirent et, pour la première fois, il embrasse la bouche de l'enfant et il dit que Paulo est aussi son amour. Elle dit qu'elle sait. Elle dit son nom :
– Thanh.

Elle lui dit qu'il ira au Siam et aussi ailleurs, en Europe, en France, à Paris. Pour moi, elle dit.
– Oui. Pour toi. Oui, quand vous serez partis, moi je reviens à Prey-Nop et puis au Siam.
– Oui. Je le sais. Tu l'as dit à Paulo aussi ?
– Non. J'ai dit seulement au Chinois et à toi. A personne d'autre.
– Pourquoi au Chinois... ?

L'enfant prend peur. Elle demande à Thanh s'il ne va pas essayer de retrouver ses parents, s'il ne raconte pas d'histoires... Thanh dit qu'il n'y a plus jamais pensé depuis qu'ils en ont parlé elle et lui, sauf aux petits frères et sœurs, mais qu'on ne peut pas retrouver des petits enfants, dans la forêt du Siam. Jamais.

L'enfant reprend sa question :

– Pourquoi tu as parlé au Chinois de ça ?

– Pour le revoir quand tu seras partie. Qu'on devienne amis. Pour parler de toi, de Paulo, de notre mère – il sourit – pour pleurer ensemble de l'amour pour toi.

La B12 est sur la route. C'est Thanh qui conduit. L'enfant est à côté de lui. Il la reconduit à Saigon. Ils doivent passer à la garçonnière avant d'aller à Lyautey. L'enfant a peur. Elle le dit à Thanh. Thanh dit que lui aussi il a peur pour le Chinois.

A Cholen.

La Léon Bollée est là avec le chauffeur. Le chauffeur vient près de l'enfant, il lui sourit. Il dit que le maître est allé jouer au madjan, qu'il va revenir. Le chauffeur dit à l'enfant que la garçonnière est ouverte. Que c'est le maître qui l'a demandé pour le cas où elle serait venue plus tôt que lui.

Thanh était reparti à Sadec.

216

L'enfant entre dans la garçonnière. Elle regarde. Peut-être pour ne pas oublier. Puis elle se déshabille, se douche, va sur le lit à sa place à lui, le long du mur, là où elle retrouve l'odeur chinoise de thé et de miel. Elle embrasse la place du corps. Elle s'endort.

Quand le Chinois entre, le petit jour est arrivé.

Il se déshabille. Il se couche le long d'elle. Il la regarde. Puis il dit dans la douceur :

– Que tu es petite dans le lit.

Elle ne répond pas.

Les yeux fermés, elle demande :

– Tu l'as vue ?

Il dit que oui.

Elle dit :

– Elle est belle.

– Je ne sais pas encore. Mais je crois, oui. Elle est grande, robuste, beaucoup plus que toi. (Temps.) Elle doit savoir pour toi et moi.

– Comment elle saurait ?

– Par les petites servantes de Sadec peut-être, tu m'avais dit : Elles sont très jeunes, elles ont votre âge, quinze, seize ans, elles sont curieuses. Elles savent tout ce qui se passe dans toutes les maisons de tous les postes.

– Et toi comment tu le saurais...

– À rien. À tout. Je ne sais pas.

L'enfant dit que c'est le commencement du mariage de se demander des choses comme ça.

Le Chinois hésite et il dit :

– Sans doute, oui. Je n'ai pas parlé avec elle.

217

– C'est toujours comme ça en Chine?

– Toujours. Depuis les siècles.

Elle dit :

– On ne peut pas comprendre du tout, nous autres... tu le sais, ça...

– Oui. Nous, on peut comprendre. Alors on ne peut pas vous comprendre en même temps quand vous dites que vous ne comprenez pas.

Le Chinois se tait et reprend :

– On est devant l'inconnu total l'un de l'autre, et ça aussi ça peut se parler, et se comprendre, la façon de se taire, de se regarder, aussi.

– Elle est repartie en Mandchourie.

– Non. La Mandchourie, elle a quitté pour toujours. Elle habite chez ma tante à Sadec. Ses parents vont arriver demain pour préparer la chambre des mariés, nuptiale vous dites.

– Oui.

L'enfant est allée s'allonger sur le fauteuil. Le Chinois fume l'opium. Il est comme indifférent.

Elle dit qu'on n'entend plus le disque américain ni la valse que le jeune homme jouait au piano. Le Chinois dit que peut-être il a quitté la rue.

Puis le Chinois dit à l'enfant de venir là, près de lui.

Elle va comme il désire, contre son corps. Elle pose sa bouche contre sa bouche. Ils restent là. Elle dit :

– Tu as fumé beaucoup.

– Je ne fais plus que ça. Je n'ai plus de désir. Je n'ai plus d'amour. C'est merveilleux, incroyable.

– Comme si on ne s'était jamais connus.

– Oui. Comme si tu étais morte depuis mille ans.

Silence.

Elle demande :

– Le mariage est quel jour ?

– Vous serez partis pour la France. Mon père, il s'est renseigné aux Messageries maritimes. Vous êtes tous les trois sur les listes de départ de la première semaine avant le mariage.

– Il a avancé la date du mariage.

– S'il avait eu lieu pendant que tu étais encore là, je n'aurais pas accepté.

L'enfant demande s'il sait par son père tous les vols d'argent du frère aîné, toutes ces complications avec la mère.

Il dit qu'il ne sait pas, que ça ne l'intéresse pas. Que c'est rien pour son père, rien du tout... des petits vols, on n'en parle même pas.

Elle dit que peut-être une fois ils se reverront. Plus tard. Dans des années. Une seule fois ou beaucoup de fois. Il demande pour quoi faire se revoir.

Elle dit :

– Pour savoir.

– Quoi ?

– Tout ce qui se sera passé dans notre vie à toi et moi...

Silence.

Et puis elle lui demande encore et encore où il a vu sa fiancée pour la première fois. Il dit :

– Dans le salon de mon père. Et aussi dans la rue quand elle est arrivée chez mon père pour se faire voir à moi dans sa présence à lui.

– Tu m'as dit : Elle est belle.

– Oui, belle. Belle à voir, je crois... La peau est

219

blanche et très fine comme la peau des femmes du Nord. Elle est plus blanche que toi. Mais elle est très robuste et toi tellement petite et mince... J'ai peur de ne pas pouvoir.

– Tu ne peux pas la soulever...

– Peut-être que oui... mais toi tu pèses comme une valise... je peux te jeter sur le lit... comme une petite valise...

L'enfant dit que le mot « robuste » ça va la faire rire désormais.

– Elle n'a pas encore le droit de me regarder. Mais elle m'a vu, on le sait ça. Elle, elle est très sérieuse avec la coutume chinoise. Les femmes chinoises elles entrent dans le rôle de l'épousée quand elles ont eu le droit de nous voir, presque à la fin des fiançailles.

Il la regarde de toutes ses forces. Avec les mains il dénude son visage pour la voir jusqu'au non-sens, jusqu'à ne plus la reconnaître. Elle dit :

– J'aurais aimé qu'on se marie. Qu'on soit des amants mariés.

– Pour se faire souffrir.

– Oui. Se faire souffrir le plus possible.

– Peut-être en mourir.

– Oui. Ta femme aussi peut-être en mourir. Comme nous.

– Peut-être.

– Par cette souffrance que moi je vous fais à elle et à toi, vous allez aussi être mariés par moi.

– Nous sommes déjà ça, mariés par toi.

220

Très bas, très doucement, elle pleure, elle dit qu'elle ne peut pas se retenir de pleurer, qu'elle ne peut pas...

Ils se taisent. Il y a un long silence. Ils ne se regardent plus. Et elle, elle dit :
— Et puis il y aura les enfants.
Ils pleurent. Il dit :
— Tu ne connaîtras jamais ces enfants. Tous les enfants de la terre tu les connaîtras, et ceux-là, non, jamais.
Jamais.

Elle se pose contre lui. D'un geste léger il lui fait une place contre sa poitrine. Elle pleure contre sa peau. Il dit :
— Dans toute ma vie c'est toi que j'aurai aimée.
Elle se redresse.
Elle crie.
Elle dit qu'il va être heureux, qu'elle le veut, qu'elle le sait, qu'il aimera cette femme chinoise. Elle dit : Je te le jure.
Et puis elle dit qu'il y aura ces enfants et que les enfants, tous, c'est le bonheur, que le vrai printemps de la vie c'est ça, les enfants.
Comme s'il n'avait pas entendu, il la regarde, la regarde. Et il dit :
— Tu es l'amour de moi.
Il pleure sur ce printemps d'enfants que jamais, elle, elle ne verra.
Ils pleurent.
Elle dit que son odeur, elle n'oubliera jamais. Il dit

que lui, c'est son corps d'enfant, ce viol chaque nuit du corps maigre. Encore sacré, il dit. Que jamais plus il ne connaîtra ce bonheur – il dit : Désespéré, fou, à se tuer.

Le long silence de la fin de la nuit est arrivé. Et de nouveau une pluie droite s'écrase sur la ville, noie les rues, le cœur.

Il dit :

– La mousson.

Elle demande si c'est bon pour les rizières ces pluies si fortes.

Il dit c'est le meilleur.

Elle lève les yeux sur cet homme. Dans les larmes elle le regarde encore. Elle dit :

– Et mon amour ç'aura été toi.

– Oui. Le seul. De ta vie.

La pluie.

Son parfum arrive dans la chambre.

Un désir très fort, sans mémoire, fait les amants se prendre encore.

Ils s'endorment.

Se réveillent.

S'endorment encore.

Le Chinois dit :

– La pluie, ici, avec toi, encore une fois... ma petite fille... ma petite enfant...

Elle dit que c'est vrai, que la pluie, depuis qu'ils se connaissaient, c'était la première fois. Et deux fois dans la nuit.

Elle lui demande s'il a des rizières, lui. Non, jamais les Chinois, il dit. Elle demande quel commerce ils font, les Chinois. Il dit : Celui de l'or, de l'opium beaucoup, et du thé aussi, beaucoup, des porcelaines aussi, de la laque, du bleu, des « bleus de Chine ». Il dit qu'il y a aussi les « compartiments » et les opérations boursières. Que la Bourse chinoise, elle est présente partout dans le monde entier. Que partout aussi, dans le monde entier maintenant on mange la cuisine chinoise, même les nids des hirondelles et les œufs couvés centenaires.

Elle dit :

— Le jade, aussi.

— Oui. Aussi la soie.

Et puis ils se taisent.

Et puis ils se regardent.

Et puis elle le prend contre elle.

Il demande : qu'est-ce qu'il y a ?

— Je te regarde.

Longtemps elle le regarde. Puis elle lui dit qu'une fois il faudra qu'il raconte à sa femme tout ce qui s'est passé, entre toi et moi elle dit, entre son mari et la petite fille de l'école de Sadec. Tout, il devra raconter, le bonheur aussi bien que la souffrance, aussi bien le désespoir que la gaieté. Elle dit : Pour que ce soit encore et encore raconté par des gens, n'importe qui, pour que le tout de l'histoire ne soit pas oublié, qu'il en reste quelque chose de très précis, même les noms des gens, des rues, les noms des col-

223

lèges, des cinémas il faudrait les dire, même les chants des boys la nuit à Lyautey et même les noms d'Hélène Lagonelle et celui de Thanh, l'orphelin de la forêt du Siam.

Le Chinois avait demandé pourquoi sa femme ? Pourquoi raconter à elle plutôt qu'à d'autres ?

Elle avait dit : Parce que, elle, c'est avec sa douleur qu'elle comprendra l'histoire.

Il avait demandé encore :

– Et s'il n'y a pas de douleur ?

– Alors tout sera oublié.

Il était à l'arrière de la grande auto noire qui est stationnée le long du mur d'un entrepôt du port. Habillé comme toujours. Dans le costume de tussor grège. Dans la pose du sommeil.

Ils ne se regardent pas.

Se voient.

Toujours cette même foule sur les quais au départ des paquebots de ligne.

Un ordre est hurlé par les haut-parleurs des remorqueurs.

Les hélices se mettent à tourner. Elles broient, brassent les eaux du fleuve.

Le bruit est terrible.

On a peur. Toujours à ce moment-là on a peur. De tout. De ne plus revoir jamais cette terre ingrate. Et ce ciel de mousson, de l'oublier.

Il a dû bouger sur la banquette arrière, vers la gauche. Pour gagner quelques secondes et la voir encore une fois pour le reste de sa vie.

Elle ne le regarde pas. Rien.

Et puis voici l'air à la mode, cette Valse Désespérée de la rue. Toujours des musiques de départ, nostalgiques et lentes pour bercer la douleur de la séparation.

Alors, même ceux qui sont seuls, qui n'accompagnent personne, partagent l'étrange tragédie de « quitter », de « laisser » pour toujours, d'avoir trahi la destinée qu'ils découvrent être la leur au moment de la perdre, et qu'ils ont trahie de même, eux seuls.

Sur les ponts de première classe, c'est ce vers quoi il doit regarder. Mais elle n'est pas là, elle est plus loin sur ce même pont, elle est vers Paulo qui est déjà heureux, déjà en allé vers le voyage. Libre mon petit frère adoré, mon trésor, sorti de l'épouvante pour la première fois de sa vie.

Le vacarme immobile des machines grandit, devient assourdissant.

Elle ne le regarde toujours pas. Rien.

Quand elle ouvre les yeux pour le voir encore, il n'est plus là. Il n'est nulle part. Il est parti.

Elle ferme les yeux.

Elle ne l'aura pas revu passer.

Dans le noir des yeux fermés elle retrouve l'odeur de la soie, du tussor de soie, de la peau, du thé, de l'opium.

L'idée de l'odeur. Celle de la chambre. Celle de ses yeux captifs qui battaient sous ses baisers d'elle, l'enfant.

Sur les quais, renouvelés, toujours les cris, les noms, la tragédie du départ sur la mer.

Il avait dû disparaître très vite après que la ligne du quai avait été franchie par le paquebot. Quand elle cherchait le petit frère sur les ponts.

La passerelle est enlevée.
L'ancre est levée dans un vacarme de fin de monde. Le bateau est prêt, majeur. Il flotte sur le fleuve.
On croit que c'est impossible, que non.
Et c'est fait. Le bateau a quitté la terre.

On crie.
Le bateau flotte sur les eaux du bassin.
Il faut encore l'aider, le mettre droit sur le chenal, dans l'angle pur de la mer et du fleuve.

Très lentement, adorable, le bateau obéit aux ordres. Il se met droit dans une certaine direction, illisible et secrète, celle de la mer.

Le ciel avec les mugissements des sirènes s'était encore rempli de fumée noire, pour jouer, on aurait pu croire, mais non.

Et puis, pour toute la durée de la vie de l'enfant, à cette heure-là du jour, la direction du soleil s'était inversée.

Elle se souvient.

Devant elle, accoudée au bastingage, il y avait cette fille brune qui regardait également la mer et qui, comme elle, pleurait de tout, de rien.

Elle se souvient de ça qu'elle avait oublié.

De l'arrière du bateau était venu un jeune homme habillé d'une veste sombre comme en France. Il portait un appareil-photo en bandoulière. Il photographiait les ponts. Il se penchait hors du bastingage et il photographiait aussi la proue du paquebot. Puis la mer seulement il photographiait. Puis plus rien. Il regardait la grande jeune fille brune qui ne pleurait plus. Elle s'était allongée dans une chaise longue et elle le regardait, ils se souriaient. La grande jeune fille attendait. Elle fermait les yeux, elle faisait celle qui dort. Le jeune homme n'était pas venu vers elle. Il avait repris sa promenade sur le pont. Alors la grande jeune fille s'était relevée de la chaise longue et elle s'était approchée de lui, le jeune homme. Ils s'étaient parlé. Ensuite ils avaient tous les deux regardé la mer. Et puis ils s'étaient mis à marcher ensemble sur le pont-promenade des premières classes.

L'enfant ne les avait plus vus.

Elle s'est allongée sur une chaise longue. On pourrait croire qu'elle s'est endormie. Non. Elle regarde.

Sur les planchers du pont, sur les parois du bateau, sur la mer, avec le parcours du soleil dans le ciel et celui du bateau, se dessine, se dessine et se détruit à la même lenteur, une écriture illisible et déchirante d'ombres, d'arêtes, de traits de lumière brisée reprise dans les angles, les triangles d'une géométrie fugitive qui s'écroule au gré de l'ombre des vagues de la mer. Pour ensuite, de nouveau, inlassablement, encore exister.

L'enfant se réveille avec l'arrivée de la haute mer lorsque le bateau va prendre la direction de l'ouest, celle du golfe du Siam.

Par temps clair on voit le bateau très lentement perdre de sa hauteur et très lentement de même sombrer dans la courbure de la terre.

L'enfant s'était endormie dans la chaise longue. Elle ne s'était réveillée que devant la mer libre. Elle avait pleuré.
À côté d'elle il y avait les deux passagers revenus qui regardaient la mer. Et qui, de même qu'elle, pleuraient.

La chaleur est encore grande. On n'a pas encore atteint la zone du vent froid, du vent salé et âcre de la haute mer. On l'atteindra après les premières vagues, après avoir contourné l'extrémité du Delta, une fois dépassées les dernières rizières de la plaine des Joncs, et puis la pointe de Camau, l'extrême fin du continent Asie. De ce mot, Asia.

Les ponts se sont éteints. Ils sont encore pleins de gens réveillés ou encore endormis sur des chaises longues. Sauf au bar des premières où toujours, de jour et de nuit et jusque très tard dans la nuit, la plupart du temps jusqu'au matin, il y a des gens réveillés qui jouent aux cartes et aux dés et qui parlent fort, qui rient, qui se fâchent de même, et qui, tous, boivent des whiskies-soda et des Martel Perrier et aussi des Pernod, cela de quelque nature que soit leur voyage, qu'il soit d'affaires ou d'agré-ment, et de quelque nationalité que soient ces voya-geurs-là, du jeu.

Ce bar des premières classes était le lieu rassurant du voyage. Le haut lieu de l'oubli enfantin.

L'enfant va voir vers le bar, elle n'entre pas bien sûr, elle va sur l'autre pont. Là il n'y a personne. Les voyageurs sont à bâbord pour guetter l'arrivée du vent de la haute mer. De ce côté-là du navire il y a seulement un très jeune homme. Il est seul. Il est accoudé au bastingage. Elle passe derrière lui. Il ne se retourne pas sur elle. Il ne l'a sans doute pas vue. C'est curieux qu'à ce point il ne l'ait pas vue.

Elle non plus n'a pas pu voir son visage, mais elle se souvient de ce manque à voir de son visage comme d'un manque à voir du voyage.

Oui, c'est bien ça, il portait une sorte de blazer. Bleu. À rayures blanches. Un pantalon du même bleu il portait aussi, mais uni.

L'enfant était allée au bastingage. Parce qu'ils étaient si seuls tous les deux de ce côté-là du bateau sur ce pont désert, elle aurait tellement voulu qu'ils se parlent. Mais non. Elle avait attendu quelques minutes. Il ne s'était pas retourné. Il désirait rester seul, plus que tout au monde il désirait ça, être seul. L'enfant était repartie.

L'enfant n'avait jamais oublié cet inconnu, sans doute parce qu'elle lui aurait raconté l'histoire de son amour avec un Chinois de Cholen.

Au bout du pont, lorsqu'elle s'était retournée, il n'était plus là.

Elle descend dans les coursives. Elle cherche encore la double cabine où elles ont leurs couchettes, la mère et elle.

Et puis elle s'arrête de chercher tout à coup. Elle sait que ça ne sert à rien, la mère restera introuvable.

Elle remonte sur le pont-promenade.

Sur l'autre pont l'enfant ne trouve plus sa mère non plus.

Et puis elle la voit, elle est plus loin cette fois-ci, elle dort encore, dans une autre chaise longue, légèrement tournée vers l'avant. L'enfant ne la réveille pas. Elle retourne encore dans les coursives. Elle attend encore. Puis elle repart encore. Elle cherche son petit frère Paulo. Et puis elle cesse de le chercher. Et puis elle repart vers les coursives. Et elle se couche là, devant la double cabine dont la mère a oublié de lui donner la deuxième clé et elle se souvient. Et elle pleure.

S'endort.

Un haut-parleur avait annoncé que la terre avait disparu. Qu'on a atteint la pleine mer. L'enfant hésite et puis elle remonte sur le pont. Une houle très légère est arrivée avec le vent de la mer.

Sur le bateau la nuit est arrivée. Tout est éclairé, les ponts, les salons, les coursives. Mais pas la mer, la mer est dans la nuit. Le ciel est bleu dans la nuit noire, mais le bleu du ciel ne se reflète pas dans la mer si calme soit-elle et si noire.

Les passagers sont de nouveau accoudés au bastingage. Ils regardent vers ce qu'ils ne voient plus. Ils ne veulent pas rater l'arrivée des premières vagues de la haute mer et avec elles celle de la fraîcheur du vent qui d'un seul coup s'abat sur la mer.

L'enfant cherche encore sa mère. Elle la retrouve cette fois encore endormie dans ce sommeil d'immigrée à la recherche d'une terre d'asile. Elle la laisse dormir.

La nuit est enfin arrivée. En quelques minutes elle a été là.
Un haut-parleur annonce que le service de la salle à manger va commencer dans dix minutes.

Le ciel est tellement bleu, le vent est tellement frais, les gens hésitent un moment et finalement ils vont à regret vers la salle à manger.

La mère est là, à une table. En avance comme toujours. Elle attend ses enfants. Elle a dû aller dans sa cabine, elle en revient. Elle s'est changée. Elle a mis la robe que Dô lui a faite, en soie rouge sombre à petits plis, trop grands ces plis et qui font la robe pendre un peu dans tous les sens. Elle s'est coiffée la mère, elle a mis un peu de poudre sur son visage et un peu de rouge sur ses lèvres. Pour ne pas être vue la mère a choisi une table de coin à trois couverts.

La mère avait toujours été impressionnée par ces voyages dans les paquebots de ligne. C'est là disait-elle qu'elle se rendait compte que jamais elle n'avait rattrapé l'éducation qui avait manqué à la jeune paysanne du Nord qu'elle avait été avant de courir les mers pour voir ailleurs comment c'était la vie.

L'enfant n'avait jamais oublié ce premier soir sur le bateau.

La mère s'était plainte tout bas et elle avait dit que si Paulo n'arrivait pas pour dîner il allait désorganiser tout le service. Puis la mère avait demandé au garçon de table qu'il ne les serve pas tout de suite. Le garçon avait dit que le service s'arrêtait à neuf heures mais qu'il attendrait encore un peu. La mère l'avait remercié comme s'il lui avait sauvé la vie.

Elles avaient attendu plus d'un quart d'heure, en silence.

La salle à manger s'était remplie. Et quand même, une fois, derrière la mère la porte s'était ouverte, et ç'avait été Paulo, le petit frère. Il était arrivé avec la grande jeune fille qui était avec le

233

photographe sur le pont quand le bateau était parti. Paulo avait vu sa sœur sans la regarder. La mère avait fait celle qui s'intéressait à tous ces gens de la salle à manger et seulement à eux.

Paulo a un regard suppliant sur sa sœur. Elle comprend qu'elle ne doit pas le reconnaître. La jeune femme la regarde aussi, elle reconnaît la très jeune fille du pont si seule et qui pleurait, elle lui sourit. La mère regarde toujours vers la salle à manger qui est pleine. Elle est comme d'habitude, sans bien comprendre, ahurie, comique, toujours.

L'enfant avait regardé la mère tandis que Paulo était passé et elle lui avait souri.

Elles se taisent tandis que leur dîner est servi.

Ç'avait été à ce moment-là du soir, avec la soudaineté du malheur, que l'horreur avait surgi. Des gens avaient hurlé. Aucun mot, mais des hurlements d'horreur, des sanglots, des cris qui se brisaient dans les pleurs. Tellement le malheur était grand que personne ne pouvait l'énoncer, le dire.

Ça grandissait. On criait de partout. Ça venait des ponts, de la salle des machines, aussi bien, de la mer, de la nuit, du bateau tout entier, de partout. D'abord isolés, les cris se regroupent, deviennent une seule clameur, brutale, assourdissante, effrayante.

Des gens courent, réclament de savoir.

Et puis on pleure.

Et puis le bateau ralentit. De toutes ses forces le bateau ralentit encore.

On crie de se taire.

Le silence s'étend dans tout le navire. Puis il y a le silence.

C'est dans ce silence-là qu'on entend les premiers mots, les cris reviennent, presque bas, sourds. D'épouvante. D'horreur.

Personne n'ose demander ce qui s'est passé.

On entend clairement, dans le silence :

– Le bateau s'est arrêté... écoutez... on n'entend plus les machines...

Et puis le silence revient. Le capitaine arrive. Il parle dans un haut-parleur. Il dit :

– Un terrible accident vient d'avoir lieu au bar... un jeune garçon s'est jeté à la mer.

Un couple entre dans la salle à manger. Lui en blanc, elle en robe noire du soir. Elle pleure. Elle dit à tout le monde :

– C'est quelqu'un qui s'est jeté à la mer... il est passé devant le bar en courant et il s'est jeté du bastingage... Il avait dix-sept ans.

Ils repartent sur les ponts. La salle à manger s'est vidée. Tous les passagers sont sur les ponts. Les cris font place à des pleurs très bas. L'horreur a tout envahi, plus profonde, plus terrible que les cris.

La mère et l'enfant pleurent, elles ont cessé de manger.

Tout le monde est sorti de la salle à manger. Les gens vont au hasard. Les femmes pleurent.

Quelques jeunes gens aussi. Tous les petits enfants ont été remontés des cabines. Les femmes les gardent près d'elles serrés contre leurs corps.

Ne restent dans la salle à manger que quelques personnes, toujours les mêmes, partout dans le monde entier : c'est ceux qui ont *quand même* faim, qui veulent dîner, qui appellent les garçons avec grossièreté, qui disent *qu'ils ont le droit de dîner, d'être servis, qu'ils ont payé.* C'est ceux à qui personne ne répond plus de nos jours.

Les garçons ont quitté la salle à manger.

Au loin, une voix d'homme dit qu'on descend les canots de sauvetage, de s'écarter des bastingages.

Les gens continuent à vouloir voir *.

— Dix-sept ans... le fils de l'administrateur de Bienhoa... Il y a une amie de la famille en seconde classe qui a parlé au capitaine : rien n'a été retrouvé dans la cabine de l'enfant... pas un mot pour les parents, rien... il rentrait en France. Des études brillantes. Un enfant charmant...

Silence. Puis les rumeurs recommencent :

— Ils ne le trouveront plus...

— Il est trop loin maintenant...

— Il faut plusieurs kilomètres à un paquebot pour s'arrêter...

L'enfant se cache le visage, elle dit tout bas à la mère :

— Heureusement que Paulo est venu avant. On aurait eu peur... quelle horreur...

La mère se cache aussi le visage, elle dit tout bas, elle se signe :

— Il faut remercier Dieu et s'excuser d'une telle pensée.

* Les voix sont mêlées comme dans les salons vides de *India Song*.

À nouveau les voix mêlées :

– ... On repartira à l'aube... le plus terrible c'est
ça... ce moment-là... l'abandon de l'espoir...

– ... Les bateaux doivent attendre douze heures
avant de repartir, ou alors le lever du soleil... je ne
sais plus...

– ... La mer vide... le matin... que c'est terrible...

– ... Abominable... un enfant qui refuse de vivre.
Il n'y a rien de pire.

– Rien, c'est vrai.

Un silence quasi total règne sur le bateau arrêté.

Les gens espèrent encore dans les canots de sauvetage. Ils suivent des yeux les torchères qui
balaient la surface de la mer.

L'espoir est encore là, non encore tout à fait
découragé, il est murmuré, mais le mot est prononcé :

– ... Il faut encore espérer. Il faut. La mer est
chaude dans ces zones-là... Et lui, il peut nager
longtemps... il est si jeune...

– ... Elle restera chaude toute la nuit, vous
croyez...

– ... Oui. Et le vent n'est pas fort, ça compte ça...

– ... Et Dieu est là... il ne faut pas oublier...

– C'est vrai...

Les pleurs encore. Ils cessent.

– Le pire serait qu'il nous voie et qu'il ne veuille
plus rien.

– Ni vivre. Ni mourir...

– C'est ça, oui.

– Qu'il attende encore pour essayer de savoir quoi le ferait revenir vers la forme du bateau.

Tout à coup avec la même soudaineté que l'accident, de la musique avait envahi les ponts, les salons, la mer. Ça venait du salon de musique. « Quelqu'un qui ne sait pas » dit-on.

Quelqu'un dit avoir déjà entendu ce piano avant l'accident mais très loin, comme d'un autre bateau.

Une voix crie que c'est quelqu'un qui ne sait pas... qui n'a pas entendu les cris. Qu'il faut l'avertir...

La musique est partout, elle envahit les cabines, les machines, les salons. Forte.

– Il faut aller le prévenir.

Une voix plus claire, jeune, dit que non :

– Prévenir pourquoi ?

Une autre voix. Celle-là, pleure :

– Au contraire, lui demander au contraire qu'il ne s'arrête surtout pas de jouer... surtout pas... que c'est pour un enfant... il faut lui dire ça... surtout cette musique-là... qu'il doit reconnaître... qu'on entend partout...

Cette musique de la rue, à la mode des jeunes en ce moment justement, qui dit le bonheur fou du premier amour et la peine immodérée, inconsolable de l'avoir perdu.

Le bruit se répand de laisser continuer la musique qui vient du salon.

Le bateau tout entier écoute et pleure sur le jeune inconnu.

L'enfant a quitté sa mère. Elle cherche le salon de musique.

Tout le bateau est éteint.

Le salon de musique est tout à fait à l'avant du bateau. Il est éclairé par la lumière réverbérée des torchères sur la mer. La porte est ouverte. L'enfant a tout à coup au cœur comme un espoir. Des fois qu'on se soit trompé. Des fois que ce soit vrai que jamais on ne sait, que jamais on ne peut tout à fait savoir, jamais, tout le monde le dit.

Elle va vers la porte. Elle regarde.

Celui-là a les cheveux noirs. Il porte un costume blanc de fabrication artisanale. Il est sans doute plus âgé.

Elle attend encore. Regarde encore. Non.

Ce n'est pas ça. Ce ne sera plus jamais ça, ça qui avait voulu mourir pendant les quelques secondes qui avaient précédé son geste vers le bastingage.

C'est fini.

L'enfant s'est allongée par terre sous une table contre le mur. Celui qui jouait du piano ne l'avait pas entendue, ni vue. Il jouait sans partition, de mémoire, dans le salon éteint, cette valse populaire et désespérée de la rue.

La lumière qui vient dans le salon est encore celle, réverbérée, des torchères.

La musique avait envahi le paquebot arrêté, la mer, l'enfant, aussi bien l'enfant vivant qui jouait au piano que celui qui se tenait les yeux fermés, immobile, suspendu dans les eaux lourdes des zones profondes de la mer.

Des années après la guerre, la faim, les morts, les camps, les mariages, les séparations, les divorces, les livres, la politique, le communisme, il avait téléphoné. C'est moi. Dès la voix, elle l'avait reconnu. C'est moi. Je voulais seulement entendre votre voix. Elle avait dit : Bonjour. Il avait peur comme avant, de tout. Sa voix avait tremblé, c'est alors qu'elle avait reconnu l'accent de la Chine du Nord.

Il avait dit quelque chose sur le petit frère qu'elle ne savait pas : qu'on n'avait jamais retrouvé son corps, qu'il était resté sans sépulture. Elle n'avait pas répondu. Il avait demandé si elle était encore là, elle avait dit que oui, qu'elle attendait qu'il parle. Il avait dit qu'il avait quitté Sadec à cause des études de ses fils, mais qu'il y reviendrait plus tard parce que c'était là seulement qu'il avait envie de revenir.

C'est elle qui avait demandé pour Thanh, ce qu'il était devenu. Il avait dit qu'il n'avait jamais eu de nouvelles de Thanh. Elle avait demandé : aucune jamais ? Il avait dit, jamais. Elle avait demandé ce qu'il pensait, lui, de ça. Il avait dit que d'après lui,

Thanh avait voulu retrouver sa famille dans la forêt du Siam et qu'il avait dû se perdre et mourir là, dans cette forêt.

Il avait dit que pour lui, c'était curieux à ce point-là, que leur histoire était restée comme elle était avant, qu'il l'aimait encore, qu'il ne pourrait jamais de toute sa vie cesser de l'aimer. Qu'il l'aimerait jusqu'à la mort.

Il avait entendu ses pleurs au téléphone.

Et puis de plus loin, de sa chambre sans doute, elle n'avait pas raccroché, il les avait encore entendus. Et puis il avait essayé d'entendre encore. Elle n'était plus là. Elle était devenue invisible, inatteignable. Et il avait pleuré. Très fort. Du plus fort de ses forces.

Les images proposées ci dessous pourraient servir à la ponctuation d'un film tiré de ce livre. En aucun cas ces images – dites plans de coupe – ne devraient « rendre compte » du récit, ou le prolonger ou l'illustrer. Elles seraient distribuées dans le film au gré du metteur en scène et ne décideraient en rien de l'histoire. Les images proposées pourraient être reprises à tout moment, la nuit, le jour, à la saison sèche, à la saison des pluies. Etc.

Je vois ces images comme un dehors qu'aurait le film, un « pays », celui de ces gens du livre, la contrée du film. Et seulement de lui, du film, sans aucune référence de conformité.

Exemples d'images des plans dits de coupe :

Un ciel bleu criblé de brillances.

Un fleuve vide dans son immensité dans une nuit indécise, relative.

Le jour qui se lève sur le fleuve. Sur le riz. Sur les routes droites et blanches qui traversent l'immensité soyeuse du riz.

Encore un fleuve dans toute sa largeur, immense. Seul le dessin vert de ses rives est immobile. Entre ses rives il avance vers la mer. Entier. ÉNORME.

Les routes de la Cochinchine française en 1930 :

Les longueurs droites et blanches des routes avec la procession des charrettes à buffles conduites par des enfants.

Un fleuve vu de plus haut. Qui traverse l'immensité de la plaine de Camau. La boue.

Le jour qui éteint les brillances du ciel.

Un jour d'un autre bleu qui se meurt.

Entre le ciel et le fleuve un paquebot de ligne. Il longe les rives de l'immensité verte du riz.

Le paquebot sous la pluie droite de la mousson, égaré dans les immensités inondées du riz.

La pluie droite de la mousson et seulement ça, cette pluie droite dans toute l'image. Droite comme nulle part ailleurs.

Le fleuve sombre, très près. Sa surface. Sa peau. Dans la nudité d'une nuit claire (nuit relative).

La pluie. Sur les rizières. Sur le fleuve. Sur les villages de paillotes. Sur les forêts millénaires. Sur les chaînes de montagnes qui bordent le Siam. Sur les visages levés des enfants qui la boivent.

Les golfes de l'Annam, du Tonkin, du Siam, vus de haut.

La pluie qui cesse et se retire du ciel. La transparence qui la remplace, pure comme un ciel nu.

Du ciel nu.

Des enfants et les chiens jaunes qui gardent, qui dorment en plein soleil devant des paillotes vides.

Les autos américaines des milliardaires qui ralentissent dans ces villages à cause des enfants.

Des enfants, arrêtés, qui regardent, sans comprendre.

Les villages de jonques. La nuit.

Le jour. Le matin. Sous la pluie.

Des paysans qui marchent pieds nus à la queue leu leu sur les talus. Depuis des milliers d'années.

Le jeu des enfants et des chiens jaunes. Leur mélange. La grâce adorable de leur communauté.

La grâce aussi, troublante, des petites filles de dix ans qui mendient des sapèques dans les marchés des villages.

Et les plans oraux aussi interviendraient :
Des phrases d'ordre général sans conséquence sur le film, sur l'odeur du Delta, la peste endémique, la joie des enfants, des chiens, des gens de la campagne. Voir pages 33, 34.

Des chants vietnamiens seraient chantés (plusieurs fois chacun pour qu'on les retienne), ils ne seraient pas traduits. De même que dans *India Song* le chant laotien de la mendiante n'a jamais été traduit. Pas un seul chant ne serait utilisé en tant qu'accompagnement (les boîtes de nuit seraient à la mode occidentale).

ŒUVRES DE MARGUERITE DURAS

LES IMPUDENTS (1943, *roman*, Plon; – 1992, Gallimard).

LA VIE TRANQUILLE (1944, *roman*, Gallimard).

UN BARRAGE CONTRE LE PACIFIQUE (1950, *roman*, Gallimard).

LE MARIN DE GIBRALTAR (1952, *roman*, Gallimard).

LES PETITS CHEVAUX DE TARQUINIA (1953, *roman*, Gallimard).

DES JOURNÉES ENTIÈRES DANS LES ARBRES, *suivi de:*

LE BOA – MADAME DODIN – LES CHANTIERS (1954, *récits*, Gallimard).

LE SQUARE (1955, *roman*, Gallimard).

MODERATO CANTABILE (1958, *roman*, Éditions de Minuit).

LES VIADUCS DE LA SEINE-ET-OISE (1959, *théâtre*, Gallimard).

DIX HEURES ET DEMIE DU SOIR EN ÉTÉ (1960, *roman*, Gallimard).

HIROSHIMA MON AMOUR (1960, *scénario et dialogues*, Gallimard).

UNE AUSSI LONGUE ABSENCE (1961, *scénario et dialogues*, en collaboration avec Gérard Jarlot, Gallimard).

L'APRÈS-MIDI DE MONSIEUR ANDESMAS (1962, *récit*, Gallimard).

LE RAVISSEMENT DE LOL V. STEIN (1964, *roman*, Gallimard).

THÉÂTRE I: LES EAUX ET FORÊTS – LE SQUARE – LA MUSICA (1965, Gallimard).

LE VICE-CONSUL (1965, *roman*, Gallimard).

LA MUSICA (1966, *film*, coréalisé par Paul Seban, distr. Artistes Associés).

L'AMANTE ANGLAISE (1967, *roman*, Gallimard).

L'AMANTE ANGLAISE (1968, *théâtre*, Cahiers du Théâtre national populaire).

THÉÂTRE II: SUZANNA ANDLER – DES JOURNÉES

ENTIÈRES DANS LES ARBRES – YES, PEUT-ÊTRE – LE SHAGA – UN HOMME EST VENU ME VOIR (1968, Gallimard).

DÉTRUIRE, DIT-ELLE (1969, Éditions de Minuit).

DÉTRUIRE, DIT-ELLE (1969, *film*, distr. Benoît-Jacob).

ABAHN, SABANA, DAVID (1970, Gallimard).

L'AMOUR (1971, Gallimard).

JAUNE LE SOLEIL (1971, *film*, distr. Films Molière).

INDIA SONG (1973, *texte, théâtre, film*, Gallimard).

LA FEMME DU GANGE (1973, *film*, distr. Benoît-Jacob).

NATHALIE GRANGER, *suivi de* LA FEMME DU GANGE (1973, Gallimard).

LES PARLEUSES (1974, *entretiens avec Xavière Gauthier*, Éditions de Minuit).

INDIA SONG (1975, *film*, distr. Films Armorial).

BAXTER, VERA BAXTER (1976, *film*, distr. N.F.F. Diffusion).

SON NOM DE VENISE DANS CALCUTTA DÉSERT (1976, *film*, distr. Benoît-Jacob).

DES JOURNÉES ENTIÈRES DANS LES ARBRES (1976, *film*, distr. Benoît-Jacob).

LE CAMION (1977, *film*, distr. D.D. Prod.).

LE CAMION, *suivi de* ENTRETIEN AVEC MICHELLE PORTE (1977, Éditions de Minuit).

LES LIEUX DE MARGUERITE DURAS (1977, *en collaboration avec Michelle Porte*, Éditions de Minuit).

L'ÉDEN CINÉMA (1977, *théâtre*, Gallimard).

LE NAVIRE NIGHT (1978, *film*, Films du Losange).

CÉSARÉE (1979, *film*, Films du Losange).

LES MAINS NÉGATIVES (1979, *film*, Films du Losange).

AURÉLIA STEINER, *dit* AURÉLIA MELBOURNE (1979, *film*, Films Paris-Audiovisuels).

AURÉLIA STEINER, *dit* AURÉLIA VANCOUVERT (1979, *film*, Films du Losange).

VERA BAXTER OU LES PLAGES DE L'ATLANTIQUE (1980, Albatros).

L'HOMME ASSIS DANS LE COULOIR (1980, *récit*, Éditions de Minuit).

L'ÉTÉ 80 (1980, Éditions de Minuit).

LES YEUX VERTS (1980, Cahiers du cinéma).

AGATHA (1981, Éditions de Minuit).

OUTSIDE (1981, Albin Michel, rééd. P.O.L. 1984).

LA JEUNE FILLE ET L'ENFANT (1981, *cassette*, Des Femmes, éd. Adaptation de L'ÉTÉ 80 par Yann Andréa, lue par Marguerite Duras).

DIALOGUE DE ROME (1982, *film*, prod. Coop. Longa Gittata, Rome).

L'HOMME ATLANTIQUE (1982, *récit*, Éditions de Minuit).

SAVANNAH BAY (1re éd. 1982, 2e éd. augmentée, 1983, Éditions de Minuit).

LA MALADIE DE LA MORT (1982, *récit*, Éditions de Minuit).

THÉÂTRE III : LA BÊTE DANS LA JUNGLE, *d'après Henry James, adaptation de James Lord et Marguerite Duras* – LES PAPIERS D'ASPERN, *d'après Henry James, adaptation de Marguerite Duras et Robert Antelme* – LA DANSE DE MORT, *d'après August Strindberg, adaptation de Marguerite Duras* (1984, Gallimard).

L'AMANT (1984, Éditions de Minuit).

LA DOULEUR (1985, P.O.L.).

LA MUSICA DEUXIÈME (1985, Gallimard).

LA MOUETTE DE TCHEKOV (1985, Gallimard).

LES ENFANTS, *avec Jean Mascolo et Jean-Marc Turine* (1985, *film*).

LES YEUX BLEUS, CHEVEUX NOIRS (1986, Éditions de Minuit).

EMILY L (1987, Éditions de Minuit).

LA PUTE DE LA CÔTE NORMANDE (1986, Éditions de Minuit).

LA VIE MATÉRIELLE (1987, P.O.L.).

LA PLUIE D'ÉTÉ (1990, P.O.L.).

L'AMANT DE LA CHINE DU NORD (1991, Gallimard).

LE THÉÂTRE DE L'AMANTE ANGLAISE (1991, Gallimard).

YANN ANDRÉA STEINER (1992, P.O.L.).

Adaptations :

La Bête dans la jungle,
    d'après une nouvelle de Henry James. Adaptation de James Lord et de Mar-
    guerite Duras (non édité).

Miracle en Alabama, de William Gibson.
    Adaptation de Marguerite Duras et Gérard Jarlot (1963, L'Avant-Scène).

Les Papiers d'Aspern, de Michael Redgrave,
    d'après une nouvelle de Henry James. Adaptation de Marguerite Duras et
    Robert Antelme (1970, Éd. Paris-Théâtre).

Home, de David Storey.
    Adaptation de Marguerite Duras (1973, Gallimard).

Le Monde extérieur (à paraître, P.O.L.).

Impression Brodard et Taupin,
à La Flèche (Sarthe),
le 6 septembre 1993.
Dépôt légal : septembre 1993.
Numéro d'imprimeur : 6938H-5.

ISBN 2-07-038809-3 / Imprimé en France.